LA FEMME ET LE PANTIN

Pierre Louÿs vers 1898 à l'époque de *La Femme et le Pantin*.

Collection dirigée par Michel Zink et Michel Jarrety

PIERRE LOUŸS

La Femme et le Pantin

ROMAN ESPAGNOL

ÉDITION ÉTABLIE, PRÉSENTÉE ET ANNOTÉE
PAR MICHEL JARRETY

LE LIVRE DE POCHE
classique

Professeur de littérature française à la Sorbonne, Michel Jarrety a édité dans Le Livre de Poche *Alphabet* de Paul Valéry.

PRÉFACE

Ce roman qui connut un succès immédiat, fut sans cesse réédité, et dont la réputation se trouva plus tard élargie par les films prestigieux de Sternberg ou Buñuel, il semble que notre époque s'en détourne peu à peu. S'il n'est plus de mise aujourd'hui de le ranger parmi les ouvrages majeurs de la littérature moderne, il se peut que la distance que nous avons prise avec les autres livres de Pierre Louÿs éloigne en même temps celui-ci. Et cependant l'on n'en conçoit guère qui, après plus d'un siècle, ait conservé de manière aussi vive la souveraineté de la langue, l'efficacité dramatique du récit et toute la puissance d'émotion d'une histoire qui de bout en bout maintient le lecteur en alerte. Dans ce roman où le tumulte résonne de page en page, toute la passion qui l'électrise nous demeure intacte.

Lorsqu'il fait paraître au début de l'été 1898 *La Femme et le Pantin* qu'il vient tout juste d'achever au Caire pendant le printemps, puis au cours d'une escale à Naples, Pierre Louÿs est un écrivain déjà reconnu. En 1895, *Les Chansons de Bilitis*, anonymement présentées comme des poèmes traduits du grec mais qui étaient entièrement de sa plume, ont valu au jeune homme de vingt-cinq ans son premier succès, et l'année suivante, un roman, *Aphrodite*, assoit plus durablement sa réputation. Des amis qui l'entourent en ces années-là, aucun ne connaît une renommée comparable : d'André Lebey ou André-Ferdinand Herold, les livres ne connaîtront jamais qu'un écho bien confidentiel, et Jean de Tinan mourra prématurément. Quant à ses pairs, Valéry et Gide, ils ne prendront leur vraie stature qu'après la Première Guerre lorsque Louÿs, déjà près de sa fin, aura cessé d'écrire. D'autres œuvres seront venues entre-temps, mais aucune ne surpassera l'accomplissement précoce de *La Femme et le Pantin*, ce « roman espagnol » que l'écrivain, abandonnant le cadre antique de *Bilitis* et d'*Aphrodite*, choisit d'ouvrir à la réalité de son temps. Salué dès le mois de mai par une lettre affectueuse de Mallarmé qui vient de lire en feuilleton ce « roman qui découpe si nettement un fruit de passion savoureux », puis par d'élogieux articles de Charles Maurras, d'Henri Ghéon — à qui Gide bientôt dédiera son *Immoraliste* — et de la romancière Rachilde, à vingt-huit ans Louÿs est l'écrivain le plus fêté de sa génération.

Le roman fut écrit en trois semaines, et quelque chose de cet allant, de ce désir de ne jamais s'attarder à ce qui pourrait ralentir une histoire dont on devient soi-même bientôt captif, se retrouve à coup sûr dans le plaisir que nous éprouvons encore à la lire. Mais les quinze jours qui suffirent à l'achèvement du livre en Égypte suivaient une longue interruption et une lente maturation. C'est près d'Avila — Louÿs lui-même nous l'apprend —, dans le train enseveli sous la neige qui le conduisait pour la première fois à Séville en compagnie d'Herold, que le 8 janvier 1895 la dispute d'une gitane et d'une jeune Andalouse lui donna l'idée de son roman qui d'ailleurs, dans l'un de ses premiers chapitres, suivra d'assez près le souvenir de l'altercation entre les deux femmes consigné dans le *Journal du Voyage en Espagne* : « Je me rappelle mon arrivée en Espagne en 1895, dans ce train qui est resté 48 heures dans les neiges. Mes deux pieds avec leurs bottines de chevreau trempant dans la neige fondue, et un carreau cassé dans le coin où j'étais assis. Je n'ai rien eu et néanmoins... on s'enrhume en hiver, mais *La Femme et le Pantin* est né ce jour-là [1]. »

---

1. Lettre citée dans *La Femme et le Pantin*, éd. du Nord, 1936, p. XV.

Dès ce moment, l'écrivain jeta sans doute sur le papier les premières notes préparatoires. Mais le début du livre ne fut écrit que deux ans plus tard, lors d'un second séjour à Séville pendant la première semaine de septembre 1896. Et c'est à Séville justement que le roman s'ouvre, pendant le carnaval, sur la rencontre d'André Stévenol et d'une jeune Andalouse dont le Français n'a guère pu apprendre que le nom. Mais en décidant de chercher alors auprès de Mateo Diaz des renseignements sur Concha Perez, André ne soupçonne naturellement pas que ce que va lui conter son ami afin de l'éclairer — c'est-à-dire de le mettre en garde — est l'histoire même de la tumultueuse aventure qui, trois ans plus tôt, l'a *lié* avec celle qui n'était alors qu'une jeune fille de quinze ans. Et si Stévenol porte le même prénom qu'André Lebey à qui le livre est dédié, on ne peut douter qu'il s'agisse là d'une connivence délibérée puisque le roman trouva pour une part son origine dans la tristesse éprouvée par Louÿs à voir la soumission de son ami à une humiliante liaison, et que l'écrivain espérait que Lebey entendrait *aussi* la leçon de Mateo — qui d'ailleurs, on le découvrira, n'est une leçon pour personne : « Il décida d'écrire un roman afin de me mettre en garde contre une tendresse qu'il savait à la fois trop constante et excessive. "Il faut que tu apprennes, me disait-il, à pouvoir, malgré tout, ne plus aimer." [1] »

« Nous allons fumer des cigares en buvant des sirops glacés », dit Mateo avant de commencer à parler, et l'essentiel du livre accueille donc l'amicale confidence qu'il décide de faire à André pendant une après-midi de février. *La Femme et le Pantin* appartient ainsi à la filiation du récit qui, de *Manon Lescaut* à *Adolphe*, du *Dominique* de Fromentin à *L'Immoraliste* de Gide ou au *Coup de grâce*, plus tard, de Yourcenar, traverse la littérature française pour offrir, dans une économie de moyens toute classique, la narration le plus souvent assez brève et comme épurée d'une histoire singulière

---

1. André Lebey, *Disques et Pellicules*, Valois, 1929, p. 201.

qui, sans mettre en scène de nombreux personnages,
vise à restituer au plus près l'illusion constamment présente d'une expérience vécue. Et l'émotion que susci-
tent ces récits à la première personne a souvent pu faire
croire — Sainte-Beuve s'y était laissé prendre au sujet
de *Manon* — à la simple transposition d'aventures
authentiques. Mais si la teneur autobiographique de
certains de ces livres n'est pas contestable, rien de tel,
croyons-en Pierre Louÿs, ne saurait être ici affirmé.
Mateo ne lui ressemble pas et, dans une lettre à Claude
Farrère, lui-même s'avouera bien plus tard « incapable
d'aimer qui ne m'aime pas » : « C'est pourquoi j'ai
traité de pantin celui de mes Héros qui supplie. Le
dernier homme qui écrirait la petite lettre de don
Mateo, c'est bien moi[1]. »

Quant au personnage de la jeune Andalouse, Louÿs
écrira à son frère Georges que « la Charpillon est réellement le document historique sur Concha ». Lors de
son premier séjour à Séville, il avait emporté les
Mémoires de Casanova, et à lire en effet le long chapitre où l'aventurier vénitien fait le récit des avanies
qu'il essuya à Londres en 1763 de la part de cette toute
jeune courtisane aussi rouée pour lui extorquer de l'argent que pour se refuser à lui, quelques traits de
Concha — et jusqu'à une scène très exactement démar-
quée par Louÿs — ne laissent aucun doute sur la
parenté des deux personnages[2]. Mais, bien au-delà de
cet emprunt que *La Femme et le Pantin* s'assimile bien
plus qu'il ne s'y plie, ce que vient signifier pour nous
le nom de Casanova, c'est que le roman de Louÿs s'est
bien écrit pour une part dans le souvenir libertin de ce
XVIIIe siècle qui est aussi celui de Sade et d'une littérature où la relation amoureuse, dans toute la violente
liberté de son jeu, se dénoue des contraintes morales
et porte au jour cette part de vérité nue qui sans elle
resterait voilée.

---

1. Lettre du 15 mai 1913, in Claude Farrère, *Mon ami Pierre
Louÿs*, Domat, 1954, p. 176.   **2.** On trouvera en annexe, p. 141,
de larges extraits de cet épisode des *Mémoires* de Casanova.

Sa virginité, néanmoins, retient longtemps Concha de passer simplement à nos yeux pour une libertine, et sa volupté, sans doute, aura bien été d'abord de détruire, comme Mateo nous en prévient très tôt : « L'histoire est bien simple, vraiment, presque banale, sauf un point ; mais elle m'a tué. » La lignée dans laquelle s'inscrit la jeune Andalouse, c'est donc celle des femmes fatales dont l'époque de Louÿs multiplie depuis assez longtemps les figures. Si le début du romantisme accueille volontiers la virilité de l'énergie héroïque et met en scène, autour du Manfred de Byron et du René de Chateaubriand, de nombreux hommes fatals, on a pu montrer que vers la fin du siècle, au contraire, cette puissance de destruction de l'autre par la passion définit bien des personnages féminins [1]. « Tu es un diable », dit déjà don José en embrassant Carmen, et Cécily, la créole diabolique des *Mystères de Paris*, est l'une « de ces filles de couleur pour ainsi dire *mortelles* aux Européens », dit Eugène Sue, et qui ne laissent à leur victime « que *ses larmes à boire*, que *son cœur à ronger* ». Et ce sera plus tard Salomé, évoquée par Flaubert et par Mallarmé, portée à la scène par Wilde dont Louÿs fut l'ami et peinte par Gustave Moreau — ou encore l'excentrique Miss Clara du *Jardin des supplices* que Mirbeau fait paraître juste un an après le livre de Louÿs.

Ces héroïnes souvent sont étrangères, et l'on a pu, non sans raison, souligner que l'érotisme est ainsi lié à l'exotisme qui accroît la part du rêve par le transport dans un lieu que l'éloignement déréalise. Mais on ne saurait oublier que Mateo n'est pas moins espagnol que Concha, et que la jeune Andalouse tranche sur un trop pur archétype par l'entier mystère de son être. Si l'hispanité a compté, c'est donc plutôt pour l'écrivain lui-même — et son décor établit encore le roman dans une

---

1. Voir Mario Praz : *La Carne, la Morte e il Diavolo nella letteratura romantica*, Florence, Sansoni, 1966 ; trad. fr. de Constance Thompson Pasquali, Paris, Denoël, 1977, rééd. Gallimard, coll. « Tel ».

autre tradition. Amoureuse, d'abord, puisque, dès la
pièce fondatrice de Tirso de Molina, Séville est la
patrie de Don Juan où Beaumarchais plus tard choisira
de situer les aventures de son *Barbier*. Mateo, cependant, est ici bien plutôt une sorte de contre-Don Juan,
et le titre de Molina, *L'Abuseur de Séville*, c'est en
l'inversant qu'on désignerait le personnage de Louÿs
abusé par Concha. Mais aussi tradition du voyage.
Comme le narrateur de *Carmen* recueillant le récit de
don José, c'est au cours d'un voyage qu'André Stévenol reçoit les confidences de Mateo, et de nombreuses
œuvres du XIX⁰ siècle, du *Voyage en Espagne* de Gautier aux *Impressions de voyage. De Paris à Cadix*
d'Alexandre Dumas, avaient familiarisé les premiers
lecteurs de *La Femme et le Pantin* avec l'univers hispa-
nique. Et tout juste quatre ans avant le roman de Louÿs,
le jeune Barrès encore avait consacré plusieurs pages
à l'Espagne dans *Du sang, de la volupté et de la mort*.

   Le premier, sans doute, Sainte-Beuve avait lu *Carmen* dans le souvenir de *Manon*, et dès la publication
du roman, la critique a interprété *La Femme et le Pantin* à la lumière du livre de Mérimée. Louÿs d'ailleurs
n'avait-il pas avoué à l'un de ses secrétaires qu'il avait
eu l'idée de son livre en écoutant l'air de Bizet, *Sous
les remparts de Séville* [1] ? Il se peut que, pour une part,
le premier succès du roman ait été dû à ce plain-pied
qui permettait au public cultivé de le lire en toute
connivence : comme André Stévenol, Barrès s'est
arrêté à Avila où Concha devait aller au couvent ; entré
comme Mateo à la manufacture des tabacs de Séville,
il a traversé, par une accablante journée, « le troupeau
de filles », « cinq mille femmes environ, les fameuses
cigarreras sévillanes qui avec un vacarme inouï de
chants et de bavardages, roulent en cigares et cigarettes
les feuilles de tabac ». Comme Gautier, Mateo s'est
arrêté en contemplation devant le coucher de soleil sur
le faubourg de Triana, et comme le don José de Méri-

---

1. Robert Cardinne-Petit, *Pierre Louÿs intime*, Jean-Renard,
1942, p. 50.

mée, il a aimé une cigarière et souffert à cause d'elle une passion fatale. Mais dans cette proximité avec tant d'échos espagnols de son siècle, le livre de Louÿs risquait aussi de s'affadir et Rachilde, dans son compte rendu du *Mercure de France*, avait raison de s'interroger : « Ce roman est-il l'Espagne ? Je ne crois pas, car l'Espagne est une chose convenue, un article de Paris que l'on vend dans tous les bazars, rouge et jaune, avec quelques grelots en castagnettes. [...] Ce roman n'est pas l'Espagne, c'est du Pierre Louÿs. »

Et le risque, en effet, était que le livre fît croire à un exotisme facile, celui qu'avait par exemple offert quelques années plus tôt, chez Loti, la Turquie d'*Aziyadé* où déjà se découvre le motif du harem et d'une féminité animalement offerte. Mais l'Espagne de Louÿs que rien ne vient trop précisément dater et qui par là échappe aux vieillissements de l'Histoire, cette Espagne est une réalité bien plutôt qu'un décor : celle d'un pays qu'il a aimé, d'une région qu'il a parcourue, d'une langue qu'il a commencé à apprendre dès son premier séjour, — et s'il s'attache à évoquer précisément, sans pourtant jamais les décrire, les monuments et les rues de Séville, ou à émailler son roman d'expressions andalouses fidèlement restituées, ce n'est pas pour créer la trop facile distance d'un exotisme d'opérette, mais pour être fidèle, bien plutôt, à cette forme de réalisme que déjà recherchait Stendhal, et qui doit tout aux petits faits vrais parce qu'« il n'y a d'originalité et de vérité que dans les détails [1] ». Et toute l'authenticité espagnole s'y retrouve. L'éclairage sans doute a changé depuis un siècle, et maintenant que s'est éloignée l'impression de familiarité que les lecteurs pouvaient éprouver devant une Espagne qu'avait largement illustrée la littérature du XIXe siècle, et qui risquait de gommer la singularité du livre, *La Femme et le Pantin* se découvre à nous comme un roman neuf.

---

1. C'est le mot de M. Leuwen à Lucien, in Stendhal, *Romans*, éd. Martineau, Gallimard, Pléiade, t. 2, p. 1275.

Lorsque, à Mateo qui bientôt commencera son récit, André Stévenol demande s'il aime encore Concha, l'Espagnol répond : « Oh ! non, tout est bien fini. Je ne l'aime ni ne la hais plus. La chose est passée. Tout s'efface... » Mais derrière cette indifférence affichée se laisse deviner la secrète blessure qui jusqu'à la fin donne au livre sa douloureuse tonalité, et pour nous qui derrière André l'écoutons, la puissance de son émotion. Tout le passé de Des Grieux revenait, chez Prévost, dans le tremblement perceptible d'une voix qui, racontant son histoire douloureuse, la revivait dans le présent de sa parole : de la même manière, ici, et quoiqu'elle demeure le plus souvent sobrement distanciée, la souffrance de Mateo se découvre dans la gravité de sa confession et cette tristesse mal dominée qui de part en part traverse son récit. Mais si *La Femme et le Pantin* est un livre qui nous attache, c'est aussi qu'à aucun moment Louÿs ne cherche d'autre effet que celui d'une prose admirablement *mesurée*, je veux dire à la fois retenue et empreinte d'un rythme unique. Et quand vingt ans plus tard sa *Poëtique* prescrira de « scander la prose » et soulignera qu'« une page bien écrite est celle dont on ne saurait enlever une syllabe sans fausser la mesure de la phrase [1] », par cette règle essentielle qui pour lui aussi bien que pour Flaubert se refuse à trop distinguer les exigences du vers et les exigences de la prose, il définira, pour une large part, le prestige que ne cesse d'exercer sur nous son « roman espagnol ».

Quant au reste, le pouvoir de ces pages est celui de leur scansion dramatique. « Si un poète, disait Diderot, a bien médité son sujet et bien divisé son action, il n'y aura aucun de ses actes auquel il ne puisse donner un titre [2] », et en choisissant justement d'intituler chacun de ses chapitres, Pierre Louÿs — qui par là structure, mais également met à distance le récit de don Mateo

---

1. *Poëtique* VI, éd. Crès, 1917, non paginé.   2. *De la poésie dramatique*, in *Œuvres esthétiques*, éd. P. Vernière, Garnier, 1968, p. 248.

qui ne nous semble plus rien devoir à l'écrivain et du même coup gagne en autonomie — donne à voir la dramaturgie de son livre, non pour en résumer l'action, mais pour aiguiser au contraire, par une sorte d'effet d'annonce, l'intérêt de son lecteur : « Comment, et pour quelles raisons, André ne se rendit pas au rendez-vous de Concha Perez ». Si *Carmen* est un livre tout en mouvement, un roman sans doute plus touffu où la passion n'est qu'une aventure parmi d'autres, *La Femme et le Pantin* suit ainsi la loi d'une composition plus sobre, mais également plus concertée, dont l'efficacité repose largement sur la succession de ces scènes où la passion s'électrise toujours davantage, où l'énergétique des corps se déploie de plus en plus violemment, jusqu'à la magistrale retombée d'un épilogue que rien ne laissait véritablement soupçonner. Passé les premiers chapitres plus descriptifs et l'arrivée de Stévenol à Séville pendant la semaine de carnaval, le roman se resserre en effet sur la parole de Mateo qui, épurée de tout ce qui put ne pas compter, ne travaille — si l'on excepte l'évocation de la manufacture des tabacs — ni à peindre ni à émouvoir, parce que l'émotion se déploie tout entière dans la gravité dominée de la voix qui raconte et la montée d'un drame que le récit esthétise. C'est pourquoi la rapidité du livre n'est pas celle de son phrasé dont le rythme conserve au contraire cette retenue qui évite tout pathos, comme si la sérénité de sa parole de loin en loin brisée par le retour d'une émotion dont on ne sait si elle est retrouvée ou perdue — « Que je l'aimais, mon Dieu ! » — marquait la distance même que Mateo croit avoir prise avec la fièvre du passé ; mais cette rapidité tient à l'économie de la narration qui tout à la fois ménage des ellipses — « De ceci, je ne vous dirai rien. Vous n'êtes pas ici pour entendre le récit de mes mémoires » —, escamote la lenteur de ce qui eut lieu dans la densité de ce qu'elle en rapporte — « Ce que j'achève de vous dire en quelques minutes, Monsieur, cela dura quarante heures » — et surtout attache constamment l'auditeur parce que Mateo, dans le présent de son

Félicien Rops, *La Dame au pantin*, 1877.

récit, se garde bien de dévoiler ce qui, dans le passé de son histoire, ne lui fut à lui-même révélé qu'*après*.

En choisissant — tardivement, semble-t-il — d'intituler son livre *La Femme et le Pantin*, Louÿs a sans doute songé tout à la fois au tableau qu'il avait pu voir à Madrid au mois d'août 1896, et que l'édition originale reproduisait en frontispice — *El pelele*, c'est-à-dire justement « Le pantin » —, où Goya représente un homme ballotté par quatre femmes sur une sorte de châle, et à la plus récente série de gravures et d'aquarelles (1873-1885) due à Félicien Rops : *La Dame au pantin*. Mais après beaucoup d'autres qu'il n'avait pas retenus — *La Mozita* (c'est-à-dire *La Pucelle*), *La Sévillane*, *L'Andalouse*, *Une femme de quinze ans* — le titre définitif, comme l'*Histoire du chevalier Des Grieux et de Manon Lescaut*, laissait mieux percevoir que l'essentiel se joue ici dans la dualité et le regard de l'autre, ou plutôt dans celui que Mateo ne cesse de porter sur Concha. Dans une large mesure, en effet, la passivité qu'il témoigne passe par la sidération d'une vision qui *l'attache*, et par laquelle Concha en même temps lui échappe dans un spectacle qui l'exclut. Ne regarde-t-il pas son corps, le jour même où elle se dérobe et se refuse à son étreinte, « à travers la moustiquaire blanche comme une apparition de théâtre derrière un rideau de gaze » ? Et plus tard, quand le hasard la lui fait retrouver à Cadix où elle danse pour les étrangers, « je la vois », « je la vois toujours », se souvient Mateo : « Hélas ! mon Dieu ! jamais je ne l'ai vue si belle ! Il ne s'agissait plus de ses yeux ni de ses doigts : tout son corps était expressif comme un visage, plus qu'un visage, et sa tête enveloppée de cheveux se couchait sur l'épaule comme une chose inutile » — et la scène où elle feint de s'unir au « petit brun » sous ses yeux, derrière la grille de sa maison, n'est que l'ultime affront d'une distance par laquelle elle soumet le regard de l'amant à la loi de son propre désir.

J'ai parlé de dramaturgie, et en effet, plus spectateur qu'acteur, Mateo peine à jouer un rôle qui ne lui soit pas dicté : « Après ce qui s'était passé, je n'avais que

trois partis à prendre : la quitter, la forcer, ou la tuer. /
Je pris le quatrième, qui était de la subir. » Galvanisé
d'abord par la beauté de Concha, puis tétanisé par son
étrangeté qui le retient de trouver une réponse à son
imprévisible stratégie, s'il finit par lui reprocher ses
scènes, c'est que le mot prend bien sûr toute son accep-
tion familière ; mais c'est aussi qu'il est chaque fois
joué par la jeune Andalouse dont le jeu justement lui
échappe, et l'on comprend que, si implacablement
construit, le roman ait pu susciter tour à tour une adaptation théâtrale et des mises en scène cinématographiques. Or ce drame, si Concha ne cesse pas de s'y
montrer comédienne, c'est aussi bien elle qui l'invente
selon les étapes réglées de la séduction, puis de la
jalousie quand le désir chez Mateo s'est mué en passion, — et selon une loi, aussi bien, qui consiste à
tenir toujours plus serré celui qu'elle manipule, quitte
à relâcher d'une caresse ou d'un mot attendri la domination inflexible qu'elle sait aussitôt retrouver après
ces moments de douceur ou d'abandon : « La scène
d'hier n'était qu'une comédie, pour te faire mal... car
je puis te le dire, maintenant : je ne t'aimais guère,
jusqu'aujourd'hui. » Une comédie ? Sans doute mais
qui ne saurait *bien finir* et dans laquelle Pierre Louÿs
laisse lentement se faire jour la menace de noces de
sang — et le tragique de ce roman, c'est précisément
que la mort de l'un ou l'autre des héros pourrait en
être le dénouement : la chambre obscure où Mateo finit
par posséder Concha qui a pris le soin de cacher elle-
même un petit poignard dans son bas n'est-elle pas
« sourde et sombre comme une tombe » ? Violence
contenue, puis libérée, où se révèle aussi toute la part
de nuit des deux personnages.

Joué par la Charpillon, Casanova songea un moment
au suicide dont un ami le détourna en le reconduisant
à des plaisirs faciles. Mateo, un instant, pense aussi
mettre fin à ses jours, et la jeune Andalouse n'ignore
pas que c'est bien là, en effet, une des conséquences
possibles de son jeu diabolique : « J'étais venue [...]
savoir comment tu étais mort. Je croyais que tu m'ai-

mais davantage et que tu te serais tué dans la nuit. »
Et lui-même pressent aussi bien que l'une des issues
qu'il pourrait donner à son drame serait de tuer
Concha. Non pour punir son infidélité, comme don
José au moment où Carmen finalement se détache de
lui et refuse de le suivre, mais pour échapper à son
ascendant. Et la mort serait moins un châtiment que la
réponse à un défi. Car si Carmen accepte la mort
comme le dénouement que son destin annonçait, elle
constitue bien plutôt pour Concha l'une des toutes dernières cartes que la jeune Andalouse conserve dans son
jeu — l'ultime bravade dont elle sache pouvoir user
devant la faiblesse de son amant : « Je vous connais,
don Mateo, comme si je vous avais porté neuf mois.
Vous ne toucherez jamais à un cheveu de ma tête. »
Et ce premier défi qu'elle lui lance à Cadix, elle le
renouvellera plus tard encore quand elle lui donnera
rendez-vous dans une chambre d'hôtel où elle a décidé
de s'unir à un autre : « Tu peux me tuer là si tu veux,
la serrure restera ouverte. »

On a donc peut-être trop vite dit que ce livre, comme
Aphrodite dont ce fut un moment le titre, était celui de
l'esclavage de la passion, car c'est là ne faire qu'une
demi-lecture : lire *La Femme et le Pantin* comme l'histoire du seul Mateo, alors que le roman met en scène
de bout en bout la capricieuse souveraineté de Concha,
— et on se souvient que les premiers titres du livre
la désignaient seule. Ombrageuse maîtresse d'un corps
qu'elle ne livre pas, et que Mateo devra violemment
conquérir, tout son être, jusqu'à la mort bravée, est
tendu par cette passion du défi où l'intensité de son
existence semble pouvoir s'accroître et l'infériorité de
sa condition se trouver pour une part rédimée : qu'elle
embrasse ardemment Mateo dès leur première rencontre, qu'elle accepte de dormir dans ses bras tout en
se refusant à lui ou enfin qu'elle se donne à d'autres,
son corps n'est pas seulement l'instrument d'une trop
facile séduction : il est aussi bien celui d'une relation
délibérément conflictuelle où le mal n'a sa part que
pour servir un jeu dont la seule règle est de conduire

plus loin sa domination. A la différence de Manon, ce
qui gouverne Concha n'est pas le goût du plaisir — et
le livre un moment s'intitula *La Mozita* — mais d'une
puissance où précisément la faiblesse de l'amour
n'entre pas. La confidence qu'elle en fait n'est qu'une
ruse pour reprendre la main, et elle se ressaisit bientôt
par un nouveau défi : ainsi, lorsque après avoir avoué
son amour à don Mateo, elle feint de le tromper sous
ses yeux, derrière la grille de la maison qui devait les
unir.

Si don Mateo, comme André lui-même lors du carnaval qui ouvre le livre, doit à son désœuvrement de
chercher une conquête facile, c'est ainsi Concha qui
tout à l'inverse le conquiert : c'est bien elle qui choisit
de sortir de la manufacture de tabacs pour le retrouver
dans la rue, c'est encore elle qui le hèle depuis son
balcon, — et elle le lui rappellera plus tard pour lui
faire croire à son amour : « Don Mateo, vous ne
m'avez jamais comprise. Vous avez cru que vous me
poursuiviez et que je me refusais à vous, quand au
contraire c'est moi qui vous aime et qui vous veut pour
toute ma vie. Souvenez-vous de la Fábrica. Est-ce vous
qui m'avez abordée ? Est-ce vous qui m'avez emmenée ? Non. C'est moi qui ai couru après vous dans la
rue, qui vous ai entraîné chez ma mère et retenu
presque de force tant j'avais peur de vous perdre. »
Mais parce que, derrière l'apparence de la séduction,
la jeune femme ne vise pas autre chose que la domination, le roman se déroule selon le protocole retors de
sa seule stratégie dont il suit les étapes. Et si au centre
même de ces onze chapitres qui accueillent le récit de
Mateo, l'initiative bascule de son côté, c'est que la passion désormais l'a suffisamment attaché : c'est alors
lui qui choisit de renouer à Cadix, et de lui reprocher
ses danses indécentes devant les touristes comme s'il
avait quelque droit sur elle ; et ce sera lui encore qui,
après son récit à André et à la dernière page du livre,
lui fera porter un billet : « Ma Conchita, je te pardonne.
Je ne puis vivre où tu n'es pas. » Si le titre du roman
fait se succéder les noms des deux personnages, c'est

alors aussi, d'une certaine manière, parce qu'il se déroule en deux actes qui assurent pleinement sa ténébreuse dramaturgie : le pantin ne se fait vraiment l'esclave de la femme qu'au moment où la femme est parvenue à le faire *devenir* pantin.

Par deux fois la jeune Andalouse choisit de se porter vers Mateo ; mais par deux fois aussi elle décide de rompre — et son ami trouve la maison vide. Le second départ serait énigmatique, s'il ne survenait justement au moment même où Mateo vient de donner à la mère de Concha l'argent nécessaire au remboursement de ses dettes ; mais le premier nous éclaire davantage sur ce que je désignais comme sa souveraineté, puisqu'en se proposant d'assurer la fortune de la jeune femme, Mateo la fait fuir. Ici encore, le « roman espagnol » de Louÿs s'établit sans doute dans la longue tradition qui, de Des Grieux et Manon à Casanova et la Charpillon, ou à don José et Carmen, fonde pour une part l'échec de la relation amoureuse sur l'inégalité des conditions. Mais Concha ne se laisse pas réduire à une figure de courtisane — à la différence de Manon et de la Charpillon, elle ne trompe Mateo qu'aux dernières pages du livre —, et la relative discrétion que met Louÿs à évoquer cette question financière — « Je passe sur les perpétuelles demandes d'argent qui interrompaient sa conversation et auxquelles je cédais toujours », dit Mateo — contraste avec la place moins mesurée que lui accordent Casanova ou Prévost. Le pouvoir de Concha s'en accroît : elle ne manque pas d'accepter l'argent quand elle sait Mateo soumis, mais sait d'abord le refuser quand elle pressent que par là son ami pourrait au contraire la soumettre. Et si elle fait de Mateo un pantin, c'est qu'elle-même farouchement se refuse à l'idée d'en tenir le rôle. Elle le lui dit en propres termes : « Je ne veux pas qu'on m'achète comme une poupée au bazar. »

Il se peut que Pierre Louÿs souligne de loin en loin l'inégale position sociale de ses deux personnages.

Mais ce dont nous assure ainsi le rôle finalement mesuré qu'il choisit de reconnaître à l'argent, c'est qu'il ne saurait tout à fait s'imposer comme une explication dans un récit dont l'efficacité repose d'abord sur le jeu de son impénétrable héroïne : « Je tenais donc chaque nuit dans mes bras, se rappelle Mateo, le corps nu d'une fille de quinze ans, sans doute élevée chez les Sœurs, mais d'une condition et d'une qualité d'âme qui excluaient toute idée de vertu corporelle — et cette fille, d'ailleurs aussi ardente et aussi passionnée qu'on pouvait le souhaiter, se comportait à mon égard comme si la nature elle-même l'avait empêchée à jamais d'assouvir ses convoitises. » On peut juger sans doute qu'une trace de mépris se maintient ici dans l'allusion à la condition inférieure de Concha qui ne saurait lui interdire de se livrer à des amours faciles : Mateo en tout cas se refuse à reporter sur la religion et ses interdits une réticence qui demeure étrangement *naturelle*, comme si Concha était un corps sans âme, ou bien une âme que son corps seul justifierait, de même que, dansant à Cadix, elle était un corps sans visage. Et si son refus à se livrer est précisément mystérieux, c'est que, loin de lier la luxure à l'impiété, comme bien des romans du XVIIIe siècle, elle établit l'alliance de l'érotisme et de la piété — et sa religion devient celle du corps : elle baise son scapulaire juste après avoir embrassé Mateo comme pour rendre grâce au Ciel de la sensualité terrestre, et se refuse à lui au prétexte que son âme est impure : « Demain, je dirai à mon confesseur tout ce que j'ai fait depuis huit jours et même ce que je ferai dans vos bras pour qu'il m'en donne l'absolution d'avance : c'est plus sûr. Le dimanche matin, je communierai à la grand-messe et quand j'aurai dans mon sein le corps de Notre-Seigneur, je lui demanderai d'être heureuse le soir et aimée le reste de ma vie. Ainsi soit-il ! »

Le corps du Christ autorise la jouissance de celui de Mateo, et les propos de Concha, certainement, sont blasphématoires. Mais son érotisme ne doit rien à la transgression ordinaire puisqu'elle-même ne se contente pas de lever l'interdit : elle s'assure que Dieu le supprime pour elle. Sa réticence à se livrer n'est pas spirituelle : sa virginité cependant n'est pas chaste. Il n'est pas interdit de penser, sans doute, que Pierre Louÿs prend délibérément à rebours toute bienséance. Mais il s'agit plus certainement pour lui de disjoindre littérature et morale. Et s'il fallait ici se persuader qu'il ne condamne nullement Concha, il suffirait de rappeler qu'au moment où il songe à *La Femme et le Pantin*, il choisit de publier un *Plaidoyer pour la liberté morale* où il reporte sur saint Paul et Luther la faute d'avoir détourné les chrétiens du corps — et à bien des égards ces pages justifient la jeune Andalouse : la nudité et l'amour y sont donnés comme des objets, non « de scandale », mais « de contemplation », et « pour moi, affirme Louÿs comme son héroïne pourrait l'affirmer, une nuit de noces est une cérémonie religieuse [1] ». Le mystère de Concha reste bien néanmoins celui de cette pureté impure qui déroute comme le mal d'un ange qu'on ne veut pas croire déchu : en pliant la religion à la loi de son désir, elle s'établit hors de toute morale, ou au contraire se l'approprie pour devenir cet être qui déplace le sacré vers le corps et du même coup ne se soumet à aucun jugement. Et c'est Mateo qui expie, quand elle-même lui échappe pour d'autres aventures.

Concha est un corps avant d'être un visage, et sa tête enveloppée de cheveux « une chose inutile ». Si le roman s'inscrit dans une tradition de l'échec, c'est bien alors pour substituer à une sentimentalité éthérée, où les visages semblent éloigner les corps, toute la puissance d'un érotisme pur. Chez Fromentin, la passion de Dominique et de Madeleine s'achève sur un baiser qui est tout ce que le roman consent, dans ses dernières pages, à la frustration d'un amour impossible et, tout à l'inverse, c'est sur la provocation d'un baiser que s'ouvre assez vite l'histoire de Mateo et de Concha qui en prend l'initiative : « Instinctivement, j'avais refermé mes bras sur elle et d'une main j'attirais à moi sa chère tête devenue sérieuse ; mais elle devança mon geste

---

1. *Mercure de France*, octobre 1897.

et posa vivement elle-même sa bouche brûlante sur la mienne en me regardant profondément. » Et toute la frustration naît de cette trop rapide promesse, et du défi lancé par ce regard profond. Il se peut, comme l'a noté Barthes, que *Dominique* soit un roman masochiste ; celui de Louÿs ne l'est pas moins, tant Mateo accepte la souffrance et Concha semble la chercher, mais pour une raison justement inverse : si chez Fromentin l'amour bute finalement sur l'accomplissement charnel que les personnages s'interdisent, ce qui chez Louÿs semblait immédiatement permis n'advient pas, ou ne survient tardivement que dans une étreinte qui n'accomplit rien.

Depuis longtemps, sans doute, nous abusons du mot : le *sadisme* de Concha, néanmoins, et le pouvoir de destruction qui s'y attache, semblent peu discutables — et Mateo le sait : « Son rôle dans la vie se bornait là : semer la souffrance et la regarder croître. » Mais l'explication est trop courte pour lever tout à fait l'énigme de la jeune Andalouse. Ses caprices, certainement, se justifient longtemps par le désir qu'elle a de d'abord se soumettre celui qui n'est pas encore son amant. Mais Pierre Louÿs s'est visiblement attaché à ce que cette figure de femme fatale, aucune psychologie n'en puisse tout à fait rendre compte. Son refus du plaisir reste indéchiffrable et si le désir qu'elle a d'être battue paraît finalement le justifier — c'est ce désir lui-même qui devient énigmatique, et le roman se garde bien de l'interpréter comme une trop banale perversion masochiste. Ce goût qu'elle a d'être frappée n'entame en rien sa souveraineté, et le narrateur l'affirme aux dernières pages du livre : « A tout prix, par tous les moyens, elle me voulait enfermé dans la ceinture de ses bras. »

Incompréhensible, Manon l'était déjà, et Concha l'est pour Mateo avant de l'être pour nous : s'il se contente ainsi de raconter son aventure sans aucunement nous l'expliquer, c'est que trois ans après il ne *s'explique pas* l'étrangeté de sa maîtresse, et l'ignorance où il se trouvait au moment de l'histoire — « Je ne sus que penser » —, la distance qu'il a prise ne lui permet pas de la lever : « Elle paraissait m'aimer. Peut-être m'aimait-elle. Aujourd'hui encore, je ne sais que penser. » Pour que la jeune femme fût de bout en bout le protagoniste du livre, il fallait certainement que Mateo fût *effacé* dans l'évocation du trouble prestige de Concha. Mais aussi délibérément abaissé. Le récit de Des Grieux s'attachait largement à le disculper ; Mateo, à l'inverse, prend sur lui tous les torts, et ne désavoue jamais sa faiblesse face à celle qui le domine encore sans qu'il le sache. Les reproches qu'elle lui fait après leur première rupture, il les a lâchement acceptés : « J'étais bien incapable de me défendre. » Puis plus tard à Cadix : « Elle se serait défendue plus mal encore, je crois que je l'aurais justifiée. » Et le seul repentir qu'il exprime, ce n'est pas de s'être soumis, mais de l'avoir frappée.

C'est que la domination de Concha n'était pas évitable, et cette irrésistible aimantation qu'elle exerça sur lui, Mateo choisit de la souligner. Non pour se défausser de sa responsabilité, comme Des Grieux, qui la reportait sur « l'ascendant de [s]a destinée », mais pour simplement reconnaître que la jeune Andalouse tenait seule toutes les cartes. Qu'il la rencontre dans le train et la retrouve plus tard cigarière à Séville, qu'après leur rupture elle l'appelle un soir depuis son balcon, qu'il la voie enfin danser à Cadix sans savoir qu'elle y était venue, — cette fatalité est à ses yeux celle de la jeune femme et non pas de son propre destin : « Quatre fois, dans la vaste Espagne, j'ai rencontré Concha Perez. Ce n'est pas une suite de hasards : je ne crois pas à ces coups de dés qui régiraient des destinées. Il fallait que cette femme me reprît sous sa main et que je visse passer sur ma vie tout ce que vous allez entendre. » Tout est écrit d'avance pour lui — et par cette main même qui le manipule. Ce hasard est celui de sa puissance souveraine.

Par le seul pouvoir de Concha, Mateo est devenu ce qu'il ne savait pas être encore : un pantin, sans doute, mais aussi bien cet homme subitement vieilli par elle

dans une petite mort symbolique, et Louÿs n'a pas sans
raison choisi de faire commencer son récit par cette
phrase : « Il y a trois ans, Monsieur, je n'avais pas
encore les cheveux gris que vous me voyez. » Il se
peut que Mateo s'abuse lorsqu'il croit que Concha le
juge trop vieux pour se donner à lui. L'âge de son
amant n'est pour elle qu'une carte de plus dans la rouerie de son jeu, et si vers la fin du livre elle décide de
le blesser par l'allusion à la jeunesse d'un autre, le
« petit brun », on peut n'y voir que l'arme aiguisée
d'une jalousie dont elle n'avait guère usé jusque-là. Il
demeure néanmoins que *La Femme et le Pantin* —
au-delà de tout érotisme — ne prend cette dimension
existentielle qui l'assombrit que par l'assurance où se
trouve Mateo, face à cette jeune fille de quinze ans,
d'avoir été celui qui vient trop tard et qui désormais
ne séduira plus aucune femme : « Ce que je pleurais,
Monsieur, c'était ma jeunesse à moi, dont cette enfant
venait de me prouver l'irréparable effondrement. Entre
vingt-deux et trente-cinq ans, il est des avanies que
tous les hommes évitent. Je ne veux pas croire que
Concha m'eût ainsi traité si j'avais eu dix ans de
moins. Ce caleçon, cette barrière entre l'amour et moi,
il me semblait que dorénavant je le verrais à toutes les
femmes, ou que du moins elles voudraient l'avoir avant
d'approcher de mon étreinte. » Bien au-delà de l'échec
d'une liaison malheureuse, la défaite de Mateo devient
celle d'une existence prématurément refermée.

Il se peut que sa souffrance soit pour lui l'expiation
d'une aventure qui ne lui était plus permise ; mais si la
fin du livre annule cette interprétation, c'est que Pierre
Louÿs a souhaité qu'il n'acueille finalement aucune
morale qui le simplifierait. Derrière la parole de son
narrateur, l'écrivain demeure constamment absent,
sans jugement sur ses personnages ni sur le sens même
d'une histoire qui demeure la leur et continue de
s'écrire au-delà de la dernière page. Un moment l'écrivain songea à une fin heureuse, celle même que laisse
deviner Mateo quand il dit à André, mais avant le vrai
dénouement : « Ceci ferait une fin de roman, et tout

serait bien qui finirait par une telle conclusion. » Mais une telle fin eût refermé le destin de la jeune femme sur une sorte de soumission à une vie qui tout à coup lui eût échappé, et c'est au contraire toute sa souveraineté reconquise qui s'affirme au terme du livre : le récit de Mateo n'a pas dissuadé André, et lui-même, en choisissant de faire porter le lendemain un billet à la jeune Andalouse, redevient celui qu'il était. Il lui a suffi de revivre son passé pour que l'ascendant de Concha renaisse par le seul prestige de cette parole qui en avait dit tout l'indéchiffrable envoûtement. Au moment même où il se tait, le temps du récit rejoint le temps d'une histoire qu'il avait pensé achevée et que le souvenir par hasard ranimé pour André a, l'espace d'une après-midi, finalement rouverte.

Michel JARRETY

Toute ma reconnaissance va à Claude Esteban qui m'a patiemment et amicalement aidé à répondre aux questions que soulevait l'hispanité de ce livre.

NOTE SUR L'ÉTABLISSEMENT DU TEXTE

Le dernier propriétaire du manuscrit de *La Femme et le Pantin* ayant disparu il y a quelques années sans que ses héritiers soient connus, je n'ai malheureusement pas pu le consulter. Je suis donc simplement le texte de l'édition originale ornée en frontispice — comme ici p. 28 — d'une reproduction du *Pantin* de Goya.

Les notes appelées par un chiffre entre parenthèses sont de Pierre Louÿs.

M. J.

LA FEMME ET LE PANTIN

ROMAN ESPAGNOL

Goya, El pelele (Le pantin), 1791-1792.

A
ANDRÉ LEBEY [1]

Son Ami,

P. L.

1. André Lebey (1877-1938), qui fut d'abord poète et romancier avant de se livrer à des recherches historiques, puis de choisir la carrière politique — il fut député socialiste de Paris —, était un des très proches amis de Louÿs, mais aussi d'autres jeunes poètes comme Jean de Tinan et Valéry qui lui dut de devenir le secrétaire particulier de son oncle Édouard Lebey, administrateur de l'agence Havas, de 1900 à 1922. Sur l'exemplaire offert à son ami, Louÿs écrivit : « A André Lebey, ce roman écrit pour lui seul. »

Siempre me va V. diciendo,
Que se muere V. por mi :
Muérase V. y le veremos
Y después diré que si[1].

1. Vous m'allez toujours disant / Que vous mourez pour moi : / Mourez donc, et nous verrons, / Puis je vous dirai que oui. Quatrain sans doute tiré d'une chanson populaire.

« Il quitta la Sierpes, passe entre la Giralda et l'antique Alcazar... »

I

COMMENT UN MOT ÉCRIT SUR UNE COQUILLE D'ŒUF TIENT LIEU
DE DEUX BILLETS TOUR À TOUR

Le carnaval d'Espagne ne se termine pas, comme le
nôtre, à huit heures du matin le mercredi des Cendres.
Sur la gaieté merveilleuse de Séville, le *memento quia
pulvis es*[1] ne répand que pour quatre jours son odeur
de sépulture ; et, le premier dimanche de carême, tout
le carnaval ressuscite.

C'est le *Domingo de Piñatas*, le dimanche des Mar-
mites, la Grande Fête. Toute la ville populaire a changé
de costume et l'on voit courir par les rues des loques
rouges, bleues, vertes, jaunes ou roses qui ont été des
moustiquaires, des rideaux ou des jupons de femme et
qui flottent au soleil sur les petits corps bruns d'une
marmaille hurlante et multicolore. Les enfants se grou-
pent de toutes parts en bataillons tumultueux qui bran-
dissent une chiffe au bout d'un bâton et conquièrent à
grands cris les ruelles sous l'incognito d'un loup[2] de

---

1. *Memento, homo, quia pulvis es et in pulverem reverteris* :
« Souviens-toi, homme, que tu es poussière et que tu retourneras
en poussière. » Ces mots adressés par Yahvé à Adam lorsqu'il le
chasse du Paradis terrestre (Gn 3,19) sont justement repris dans la
liturgie le mercredi des Cendres, premier jour du carême, lorsque
le prêtre trace sur le front des fidèles une croix de cendres. Mais
la formule, ici, place aussi bien le livre sous le double signe de la
fête et de la mort.   **2.** Le masque de velours dont les femmes se
couvraient le visage afin de protéger leur peau du soleil était ainsi
nommé parce qu'il faisait peur aux enfants.

toile, d'où la joie des yeux s'échappe par deux trous.
« ¡ *Anda ! ¡ Hombre ! que no me conoce !* [1] » crient-
ils, et la foule des grandes personnes s'écarte devant
cette terrible invasion masquée.

Aux fenêtres, aux *miradores* [2], se pressent d'innom-
brables têtes brunes. Toutes les jeunes filles de la
contrée sont venues ce jour-là dans Séville, et elles
penchent sous la lumière leurs têtes chargées de cheveux pesants. Les *papelillos* [3] tombent comme la neige.
L'ombre des éventails teinte de bleu pâle les petites
joues poudrerizées. Des cris, des appels, des rires bour-
donnent ou glapissent dans les rues étroites. Quelques
milliers d'habitants font, ce jour de carnaval, plus de
bruit que Paris tout entier.

Or, le 23 février 1896, dimanche de Piñatas, André
Stévenol voyait approcher la fin du carnaval de Séville,
avec un léger sentiment de dépit, car cette semaine
essentiellement amoureuse ne lui avait procuré aucune
aventure nouvelle. Quelques séjours en Espagne lui
avaient appris cependant avec quelle promptitude et
quelle franchise de cœur les nœuds se forment et se
dénouent sur cette terre encore primitive, et il s'attristait
que le hasard et l'occasion lui eussent été défavorables.

Tout au plus une jeune fille avec laquelle il avait
engagé une longue bataille de serpentins entre la rue et
la fenêtre, était-elle descendue en courant, après lui
avoir fait signe, pour lui remettre un petit bouquet
rouge, avec un « *Muchísima' grasia', cavayero* [4] », jar-
gonné à l'andalouse. Mais elle était remontée si vite,
et d'ailleurs, vue de plus près, elle l'avait tellement
désillusionné, qu'André s'était borné à mettre le bou-

---

1. « *Allons ! Toi ! Tu ne me reconnaîs pas !* »   **2.** En haut
d'une maison, partie vitrée en encorbellement et d'où la vue s'étend
au loin.   **3.** Confetti.   **4.** « *Grand merci, Monsieur.* » Louÿs a
raison de noter que ces mots sont « jargonnés à l'andalouse » :
comme en d'autres endroits, l'apostrophe finale marque ici l'élision
du *s* et le pluriel devrait être *muchísimas grasias*. Il en va de même
pour *cavayero*, qui sera plus loin orthographié correctement
caballero.

quet à sa boutonnière sans mettre la femme dans sa mémoire. Et la journée lui en parut plus vide encore.

Quatre heures sonnèrent à vingt horloges. Il quitta la Sierpes, passa entre la Giralda et l'antique Alcazar[1], et par la calle Rodrigo, il gagna les Delicias, Champs-Élysées d'arbres ombreux le long de l'immense Guadalquivir peuplé de vaisseaux.

C'était là que se déroulait le carnaval élégant.

A Séville, la classe aisée n'est pas toujours assez riche pour faire trois repas par jour ; mais elle aimerait mieux jeûner que se priver du luxe extérieur qui pour elle consiste uniquement en la possession d'un landau et de deux chevaux irréprochables. Cette petite ville de province compte quinze cents voitures de maître, de forme démodée souvent, mais rajeunies par la beauté des bêtes, et d'ailleurs occupées par des figures de si noble race, qu'on ne songe point à se moquer du cadre.

André Stévenol parvint à grand-peine à se frayer un chemin dans la foule qui bordait des deux côtés la vaste avenue poussiéreuse. Le cri des enfants vendeurs dominait tout : « ¡ *Huevo'* ! *Huevo'* ![2] » C'était la bataille des œufs.

« ¡ *Huevo'* ¡ ¿ *Quien quiere huevo'* ? ¡ *A do' perra' gorda' la docena* ![3] »

Dans des corbeilles d'osier jaune, s'entassaient des centaines de coquilles d'œufs, vidées, puis remplies de papelillos et recollées par une bande fragile. Cela se lançait à tour de bras, comme des balles de lycéens, au hasard des visages qui passaient dans les lentes voitures ; et, debout sur les banquettes bleues, les caballeros et les señoras ripostaient sur la foule compacte en

---

1. Le nom désigne un ensemble de bâtiments princiers construits depuis le IXe siècle, et dont le palais du roi don Pedro le Cruel (XIVe siècle) est la partie la plus impressionnante. La Giralda (girouette) doit son nom à la grande statue en bronze du triomphe de la Foi qui tourne sur elle-même tout en haut d'une tour de près de cent mètres, érigée à la fin du XIIe siècle, et qui était le minaret de la Grande Mosquée. **2.** « *Des œufs ! Des œufs !* » **3.** « *Des œufs ! Qui veut des œufs ? A deux sous la douzaine !* »

s'abritant comme ils pouvaient sous de petits éventails plissés.

Dès le début, André fit emplir ses poches de ces projectiles inoffensifs, et se battit avec entrain.

C'était un réel combat, car les œufs, sans jamais blesser, frappaient toutefois avec force avant d'éclater en neige de couleur, et André se surprit à lancer les siens d'un bras un peu plus vif qu'il n'était nécessaire. Une fois même, il brisa en deux un éventail d'écaille fragile. Mais aussi qu'il était déplacé de paraître à une telle mêlée avec un éventail de bal ! Il continua sans s'émouvoir.

Les voitures passaient, voitures de femmes, voitures d'amants, de familles, d'enfants ou d'amis. André regardait cette multitude heureuse défiler dans un bruissement de rires sous le premier soleil du printemps. A plusieurs reprises, il avait arrêté ses yeux sur d'autres yeux, admirables. Les jeunes filles de Séville ne baissent pas les paupières et elles acceptent l'hommage des regards qu'elles retiennent longtemps [1].

Comme le jeu durait déjà depuis une heure, André pensa qu'il pouvait se retirer, et d'une main hésitante il tournait dans sa poche le dernier œuf qui lui restât, quand il vit reparaître soudain la jeune femme dont il avait brisé l'éventail.

Elle était merveilleuse.

Privée de l'abri qui avait quelque temps protégé son délicat visage rieur, livrée de toutes parts aux attaques qui lui venaient de la foule et des voitures voisines, elle avait pris son parti de la lutte, et, debout, haletante, décoiffée, rouge de chaleur et de gaieté franche, elle ripostait !

Elle paraissait vingt-deux ans. Elle devait en avoir

---

1. Gautier l'avait aussi noté : « Lorsqu'une femme ou une jeune fille passe près de vous, elle abaisse lentement ses paupières, puis les relève subitement, vous décoche en face un regard d'un éclat insoutenable, fait un tour de prunelle et baisse de nouveau les cils » (*Voyage en Espagne*, chap. XIV).

dix-huit [1]. Qu'elle fût andalouse, cela n'était pas dou-
teux. Elle avait ce type admirable entre tous, qui est né
du mélange des Arabes avec les Vandales, des Sémites
avec les Germains et qui rassemble exceptionnellement
dans une petite vallée d'Europe toutes les perfections
opposées des deux races.

Son corps souple et long était expressif tout entier.
On sentait que même en lui voilant le visage on pouvait deviner sa pensée et qu'elle souriait avec les
jambes comme elle parlait avec le torse [2]. Seules les
femmes que les longs hivers du Nord n'immobilisent
pas près du feu, ont cette grâce et cette liberté. — Ses
cheveux n'étaient que châtain foncé ; mais à distance,
ils brillaient presque noirs en recouvrant la nuque de
leur conque [3] épaisse. Ses joues, d'une extrême douceur
de contour, semblaient poudrées de cette fleur délicate
qui embrume la peau des créoles. Le mince bord de
ses paupières était naturellement sombre.

André, poussé par la foule jusqu'au marchepied de
sa voiture, la considéra longuement. Il sourit, en se
sentant ému, et de rapides battements de cœur lui
apprirent que cette femme était de celles qui joueraient
un rôle dans sa vie.

Sans perdre de temps, car à tout moment le flot des
voitures un instant arrêtées pouvaient repartir, il recula
comme il put. Il prit dans sa poche le dernier de ses
œufs, écrivit au crayon sur la coquille blanche les six
lettres du mot *Quiero*, et choisissant un instant où les

---

1. Évaluation exacte puisqu'on apprendra que trois ans plus tôt
elle en avait quinze — et Louÿs songea un moment à intituler son
livre *Une femme de quinze ans.*   **2.** Ce sera plus tard l'impression aussi de Mateo : « Tout son corps était expressif comme un
visage. »   **3.** Le mot peut ici surprendre, mais il annonce le prénom de la jeune femme, Concha (« coquille » en latin), qui sera
placée sous le signe d'une rondeur encore enfantine. C'est une
coquille encore qui porte le message d'André qui plus loin admire
les *coques* des cheveux de la jeune femme, et, au début de son
récit, Mateo évoquera lui aussi les *joues en boule* et la *mèche ronde*
de Concha, et plus loin *la forme ronde de ses jambes. La Conque*
fut aussi le nom de la revue que Louÿs fonda en 1891.

yeux de l'inconnue s'attachèrent aux siens, il lui jeta
l'œuf doucement, de bas en haut, comme une rose.

La jeune femme le reçut dans sa main.

Quiero est un verbe étonnant qui veut tout dire. C'est
vouloir, *désirer*, *aimer*, c'est *quérir* et c'est *chérir*. Tour
à tour et selon le ton qu'on lui donne, il exprime la passion la plus impérative ou le caprice le plus léger. C'est
un ordre ou une prière, une déclaration ou une condes-
cendance. Parfois, ce n'est qu'une ironie.

Le regard par lequel André l'accompagna signifiait
simplement : « J'aimerais vous aimer. »

Comme si elle eût deviné que cette coquille portait
un message, la jeune femme la glissa dans un petit sac
de peau qui pendait à l'avant de sa voiture. Sans doute
elle allait se retourner ; mais le courant du défilé l'em-
porta rapidement vers la droite, et, d'autres voitures
survenant, André la perdit de vue avant d'avoir pu
réussir à fendre la foule à sa suite.

Il s'écarta du trottoir, se dégagea comme il put, courut dans une contre-allée... mais la multitude qui cou-
vrait l'avenue ne lui permit pas d'agir assez vite, et
quand il parvint à monter sur un banc d'où il domina
la bataille, la jeune tête qu'il cherchait avait disparu.

Attristé, il revint lentement par les rues ; pour lui,
tout le carnaval se recouvrit soudain d'une ombre.

Il s'en voulait lui-même de la fatalité maussade qui
venait de trancher son aventure. Peut-être, s'il eût été
plus déterminé, eût-il pu trouver une voie entre les
roues et le premier rang de la foule... Et maintenant,
où retrouver cette femme ? Était-il sûr qu'elle habitât
Séville ? Si par malheur il n'en était rien, où la chercher, dans Cordoue, dans Jérez ou dans Malaga ?
C'était l'impossible.

Et peu à peu, par une illusion déplorable, l'image
devint plus charmante en lui. Certains détails des traits
n'eussent mérité qu'une attention curieuse : ils devinrent dans sa mémoire les motifs principaux de sa tendresse navrée. Il avait remarqué, ainsi, qu'au lieu de

laisser pendre toutes lisses les deux mèches des petits cheveux sur les tempes, elle les gonflait au fer en deux coques arrondies. Ce n'était pas une mode très originale, et bien des Sévillanes prenaient le même soin ; mais sans doute la nature de leurs cheveux ne se prêtait pas aussi bien à la perfection de ces boucles en boule, car André ne se souvenait pas d'en avoir vu qui, même de loin, pussent se comparer à celles-là.

En outre, les coins des lèvres étaient d'une mobilité extrême. Ils changeaient à chaque instant et de forme et d'expression, tantôt presque invisibles et tantôt presque retroussés, ronds ou minces, pâles ou sombres, animés d'une flamme variable. Oh ! on pouvait blâmer tout le reste, soutenir que le nez n'était pas grec et que le menton n'était pas romain ; mais ne pas rougir de plaisir devant ces deux petits coins de bouche, cela eût passé la permission.

Il en était là de ses pensées quand un « *¡ Cuidao*[1] *!* » crié d'une voix rude le fit se garer dans une porte ouverte : une voiture passait au petit trot dans la rue étroite.

Et dans cette voiture, il y avait une jeune femme, qui, en apercevant André, lui jeta très doucement, comme on jette une rose[2], un œuf qu'elle tenait à la main.

Fort heureusement, l'œuf tomba en roulant et ne se brisa point ; car André, complètement stupéfait de cette nouvelle rencontre, n'avait pas fait un geste pour le prendre au vol. La voiture avait déjà tourné le coin de la rue, quand il se baissa pour ramasser l'envoi.

Le mot *Quiero* se lisait toujours sur la coquille lisse et ronde, et on n'en avait pas écrit d'autre ; mais un paraphe très décidé, qui semblait gravé par la pointe d'une broche, terminait la dernière lettre pour répondre par le même mot.

------

1. « *Attention !* »   **2.** Donc exactement du même geste qu'André tout à l'heure. Dans l'iconographie chrétienne, la rose (mais sans épines) est la fleur de la Vierge (voir plus loin le rosaire, p. 76).

II

OÙ LE LECTEUR APPREND LES DIMINUTIFS DE « CONCEPCION », PRÉNOM ESPAGNOL

Cependant, la voiture avait tourné le coin de la rue et l'on n'entendait plus que faiblement le pas des chevaux sonner sur les dalles dans la direction de la Giralda.

André courut à sa poursuite, anxieux de ne pas laisser échapper cette seconde occasion qui pouvait être la dernière ; il arriva juste au moment où les chevaux entraient au pas dans l'ombre d'une maison rose de la plaza del Triunfo[1].

Les grandes grilles noires s'ouvrirent et se refermèrent, sur une rapide silhouette féminine.

Sans doute il eût été plus avisé de préparer ses voies, de prendre des renseignements, de demander le nom, la famille, la situation et le genre de vie avant de se lancer ainsi, tête basse, dans l'inconnu d'une intrigue, où, puisqu'il ne savait rien, il n'était le maître de rien. André, cependant, ne put se résoudre à quitter la place avant d'avoir fait un premier effort, et dès qu'il eut

---

1. Le nom de la place, qui reviendra au tout dernier chapitre, annonce sans doute la souveraineté de Concha (Casanova parle du *triomphe* de la Charpillon). Mais est-ce un hasard si, dans le chapitre même où l'on apprend qu'elle se prénomme Concepcion, Louÿs situe sa demeure Plaza del Triunfo où une colonne baroque se dresse en l'honneur de la Vierge ? C'est sa protection, disait-on, qui avait permis à Séville d'éviter à peu près, en 1755, les dommages du tremblement de terre de Lisbonne.

vérifié d'une main rapide la correction de sa coiffure et la hauteur de sa cravate, il sonna délibérément.

Un jeune maître d'hôtel se présenta derrière la grille, mais n'ouvrit pas.

« Que demande Votre Grâce[1] ?

— Faites passer ma carte à la señora.

— A quelle señora ? continua le domestique d'une voix tranquille où le soupçon n'altérait pas trop le respect.

— A celle qui habite cette maison, je pense.

— Mais son nom ? »

André, impatienté, ne répondit pas. Le domestique reprit :

« Que Votre Grâce me fasse la faveur de me dire auprès de quelle señora je dois l'introduire.

— Je vous répète que votre maîtresse m'attend. »

Le maître d'hôtel, s'inclinant, releva légèrement les mains en signe d'impossibilité ; puis il se retira sans ouvrir et sans même avoir pris la carte.

Alors André, que la colère rendit tout à fait discourtois, sonna une seconde et une troisième fois comme à la porte d'un fournisseur. « Une femme si prompte à répondre à une déclaration de ce genre, se dit-il, ne doit pas s'étonner de l'insistance qu'on met à pénétrer chez elle ; elle était seule aux Delicias, elle doit vivre seule ici, et le bruit que je fais n'est entendu que par elle. » Il ne songea pas que le carnaval espagnol autorise des libertés passagères qui ne sauraient se prolonger dans la vie normale avec les mêmes chances d'accueil.

La porte resta close et la maison pleine de silence comme si elle eût été déserte.

Que faire ? Il se promena quelque temps sur la place, devant les fenêtres et les miradores où il espérait toujours voir apparaître le visage attendu, et, peut-être même, un signe... Mais rien ne parut ; il se résigna au retour.

---

1. Traduction littérale de *Vuestra Merced*, la formule est évidemment très cérémonieuse.

Toutefois, avant de quitter une porte qui se fermait sur tant de mystères, il avisa non loin de là un marchand de cerillas[1] assis dans un coin d'ombre et lui demanda :

« Qui habite cette maison ?

— Je ne sais pas », répondit l'homme.

André lui mit dix réaux[2] dans la main et ajouta :

« Dis-le-moi tout de même.

— Je ne devrais pas le dire. La señora se fournit chez moi et si elle savait que je parle sur elle, demain ses mozos[3] s'adresseraient ailleurs, chez le Fulano[4], par exemple, qui vend ses boîtes à moitié vides. Au moins je n'en dirai pas de mal, je ne médirai pas, *cabayero* ! Rien que son nom, puisque vous voulez le savoir. C'est la señora doña Concepcion Perez, femme de don Manuel Garcia.

— Son mari n'habite donc pas Séville ?

— Son mari est en *Bolibie*.

— Où cela ?

— En *Bolibie*, un pays d'Amérique. »

Sans en entendre davantage, André jeta une nouvelle pièce sur les genoux du vendeur, et rentra dans la foule pour gagner son hôtel.

Il restait en somme indécis. Même en apprenant l'absence du mari, il n'avait pas trouvé que toutes les chances se penchassent de son côté. Ce marchand réservé qui semblait en savoir plus qu'il n'en voulait dire, laissait croire à l'existence d'un autre amant déjà choisi, et l'attitude du domestique n'était pas faite pour démentir ce soupçon d'arrière-pensée... André songeait que quinze jours à peine s'étendaient devant lui avant la date fixée de son retour à Paris. Suffiraient-ils pour

---

1. Allumettes (à l'origine en cire).   **2.** Plus loin, p. 69, Louÿs précise que cette monnaie, anciennement d'argent, vaut cinq sous. **3.** Domestiques.   **4.** Littéralement : *chez Un tel*. Le mot sert à désigner quelqu'un qu'on ne peut pas ou ne veut pas nommer (de l'arabe *fulan* : Un tel, X).

entrer en grâce auprès d'une jeune personne dont la vie sans doute était déjà prise ?

Ainsi troublé par des incertitudes, il entrait dans le patio[1] de son hôtel, quand le portier l'arrêta :
« Une lettre pour Votre Grâce. »

L'enveloppe ne portait pas d'adresse.
« Vous êtes sûr que cette lettre est pour moi ?
— On me la remet à l'instant pour don Andrès Stévenol. »
André la décacheta sans retard.
Elle contenait ces simples lignes, écrites sur une carte bleue :

« Don Andrès Stévenol est prié de ne pas faire tant de bruit, de ne pas dire son nom et de ne plus demander le mien. S'il se promène demain, vers trois heures, sur la route d'Empalme, une voiture passera, qui s'arrêtera peut-être. »

« Comme la vie est facile ! » pensa André.
Et en montant l'escalier du premier étage, il avait déjà la vision des intimités prochaines ; il cherchait les diminutifs tendres du plus charmant de tous les prénoms :
« Concepcion, Concha, Conchita, Chita (1)[2]. »

---

(1) Prononcer : *Contcha*, *Contchita*, etc.

---

1. Voir la définition que Louÿs donne en note p. 122.
2. Entre la référence virginale de Concepcion (Marie de la conception) et l'érotisme cru que le diminutif Concha peut, si l'on veut, prendre en français, se resserre, pour une part, l'ambivalence du personnage. Louÿs tout le premier l'avait perçu qui, depuis Séville, écrivait à l'adresse de Debussy : « Avoue qu'une jeune fille qui s'appelle Concha comme ma dernière petite amie, réunit vraiment dans son nom tout ce qu'on peut exiger d'elle » (26 janvier 1895).

III

COMMENT, ET POUR QUELLES RAISONS, ANDRÉ NE SE REND
PAS AU RENDEZ-VOUS DE CONCHA PEREZ

Le lendemain matin, André Stévenol eut un réveil rayonnant. La lumière entrait largement par les quatre fenêtres du mirador ; et toutes les rumeurs de la ville, pas de chevaux, cris de vendeurs, sonnettes de mules ou cloches de couvents, mêlaient sur la place blanche leur bruissement de vie.

Il ne se souvenait pas d'avoir eu depuis longtemps une matinée aussi heureuse. Il étira ses bras, qui se tendirent avec force. Puis il les serra contre sa poitrine, comme s'il voulait se donner l'illusion de l'étreinte attendue.

« Comme la vie est facile ! répéta-t-il en souriant. Hier, à cette heure-ci, j'étais seul, sans but, sans pensée. Il a suffi d'une promenade, et ce matin me voici deux. Qui donc nous fait croire aux refus, aux dédains ou même à l'attente ? Nous demandons et les femmes se donnent. Pourquoi en serait-il autrement ? »

Il se leva, mit un punghee [1], chaussa des mules et sonna pour qu'on fît préparer son bain. En attendant, le front collé aux vitres, il regarda la place pleine de jour.

Les maisons étaient peintes de ces couleurs légères

---

1. Coquille ou lapsus de Louÿs pour *lunghee*, qu'on écrit plutôt aujourd'hui *lungi*. Le mot est d'origine urdu (créole de hindi et de persan) et désigne un pagne de coton.

que Séville répand sur ses murs et qui ressemblent à des robes de femme. Il y en avait de couleur crème avec des corniches toutes blanches ; d'autres qui étaient roses, mais d'un rose si fragile ! d'autres vert-d'eau ou orangées, et d'autres violet pâle. — Nulle part les yeux n'étaient choqués par l'affreux brun des rues de Cadix ou de Madrid ; nulle part, ils n'étaient éblouis par le blanc trop cru de Jérez.

Sur la place même, des orangers étaient chargés de fruits, des fontaines coulaient, des jeunes filles riaient en tenant des deux mains les bords de leur châle comme des femmes arabes ferment leur haïck[1]. Et de toutes parts, des coins de la place, du milieu de la chaussée, du fond des ruelles étroites, les sonnettes des mules tintaient.

André n'imaginait pas qu'on pût vivre ailleurs qu'à Séville.

Après avoir achevé sa toilette et bu lentement une petite tasse d'épais chocolat espagnol, il sortit au hasard.

Le hasard, qui fut singulier, lui fit suivre le plus court chemin, des marches de son hôtel à la plaza del Triunfo ; mais, arrivé là, André se souvint des précautions qu'on lui conseillait, et, soit qu'il craignît de mécontenter sa « maîtresse » en passant trop directement devant sa porte, soit au contraire qu'il ne voulût point paraître à ce point tourmenté du désir de la voir plus tôt, il suivit le trottoir opposé sans même tourner la tête à gauche.

De là, il se rendit à Las Delicias.

La bataille de la veille avait jonché la terre de papiers et de coquilles d'œufs qui donnaient au parc splendide une vague apparence d'arrière-cuisine. A de certains endroits, le sol avait disparu sous les dunes

---

1. Pièce d'étoffe dont les femmes arabes s'enveloppent par-dessus leurs vêtements et dont un pan parfois couvre la tête (on écrit plutôt *haïk*).

croulantes et bariolées. D'ailleurs, le lieu était désert, car le carême recommençait.

Pourtant, par une allée qui venait de la campagne, André vit venir à lui un passant qu'il reconnut.

« Bonjour, don Mateo, dit-il en lui tendant la main. Je n'espérais pas vous rencontrer si tôt.

— Que faire, Monsieur, quand on est seul, inutile et désœuvré ? Je me promène le matin, je me promène le soir. Le jour, je lis ou je vais jouer. C'est l'existence que je me suis faite. Elle est sombre.

— Mais vous avez des nuits qui consolent des jours, si j'en crois les murmures de la ville.

— Si on le dit encore, on se trompe. D'aujourd'hui au jour de sa mort, on ne verra plus une femme chez don Mateo Diaz. Mais ne parlons plus de moi. Pour combien de temps êtes-vous encore ici ? »

Don Mateo Diaz était un Espagnol d'une quarantaine d'années, à qui André avait été recommandé pendant son premier séjour en Espagne. Son geste et sa phrase étaient naturellement déclamatoires. Comme beaucoup de ses compatriotes, il accordait une importance extrême aux observations qui n'en comportaient point ; mais cela n'impliquait de sa part ni vanité, ni sottise. L'emphase espagnole se porte comme la cape, avec de grands plis élégants. Homme instruit, que sa trop grande fortune avait seule empêché de mener une existence active, don Mateo était surtout connu par l'histoire de sa chambre à coucher, qui passait pour hospitalière. Aussi André fut-il étonné d'apprendre qu'il avait renoncé si tôt aux pompes de tous les démons ; mais le jeune homme s'abstint de poursuivre ses questions.

Ils se promenèrent quelque temps au bord du fleuve, que don Mateo, en propriétaire riverain et aussi en patriote, ne se lassait pas d'admirer.

« Vous connaissez, disait-il, cette plaisanterie d'un ambassadeur étranger qui préférait le Manzanarès [1] à

---

1. Sous-affluent du Tage, il traverse Madrid.

toutes les autres rivières, parce qu'il était navigable en voiture et à cheval. Voyez le Guadalquivir, père des plaines et des cités ! J'ai beaucoup voyagé, depuis vingt ans, j'ai vu le Gange et le Nil et l'Atrato[1], des fleuves plus larges sous une plus vive lumière : je n'ai vu qu'ici cette majestueuse beauté du courant et des eaux. La couleur en est incomparable. N'est-ce pas de l'or qui s'effile aux arches du pont ? Le flot se gonfle comme une femme enceinte, et l'eau est pleine, pleine de terre. C'est la richesse de l'Andalousie que les deux quais de Séville conduisent vers les plaines. »

Puis ils parlèrent politique. Don Mateo était royaliste et s'indignait des efforts persistants de l'opposition, au moment où toutes les forces du pays eussent dû se concentrer autour de la faible et courageuse reine pour l'aider à sauver le suprême héritage d'une impérissable histoire[2].

« Quelle chute ! disait-il. Quelle misère ! Avoir possédé l'Europe, avoir été Charles-Quint, avoir doublé le champ d'action du monde en découvrant le monde nouveau, avoir eu l'empire sur lequel le soleil ne se couchait point ; mieux encore : avoir, les premiers, vaincu votre Napoléon — et expirer sous les bâtons d'une poignée de bandits mulâtres ! Quel destin pour notre Espagne ! »

Il n'aurait pas fallu lui dire que ces bandits-là fussent les frères de Washington et de Bolivar[3]. Pour lui,

---

1. Fleuve de Colombie.   2. De la mort d'Alphonse XII en 1885 à 1902, Marie-Christine de Habsbourg-Lorraine assure la régence pendant la minorité de son fils Alphonse XIII. A partir de 1895, le pays traverse une période difficile et des révoltes éclatent à Cuba. Au moment où Louÿs achève son roman, en avril 1898, l'Espagne vient de déclarer la guerre aux États-Unis auxquels elle devra céder à la fin de l'année Porto Rico et les Philippines tandis que Cuba devient indépendant.   3. Simon Bolivar (1783-1830) combattit pour la libération de plusieurs pays d'Amérique du Sud colonisés par les Espagnols. Il donna son nom à la Bolivie, où est parti le mari de Concha Perez.

c'étaient de honteux brigands qui ne méritaient même
pas le garrot[1].

Il se calma.

« J'aime mon pays, reprit-il. J'aime ses montagnes
et ses plaines. J'aime la langue et le costume et les
sentiments de son peuple. Notre race a des qualités
d'une essence supérieure. A elle seule, elle est une
noblesse, à l'écart de l'Europe, ignorant tout ce qui
n'est pas elle, et enfermée sur ses terres comme dans
une muraille de parc. C'est pour cela, sans doute,
qu'elle décline au profit des nations du Nord, selon la
loi contemporaine qui pousse aujourd'hui de toutes
parts le médiocre à l'assaut du meilleur... Vous savez
qu'en Espagne on appelle *hidalgos* les descendants des
familles pures de tout mélange avec le sang maure. On
ne veut pas admettre que, pendant sept siècles[2], l'Islam
ait pris racine sur la terre espagnole. Pour moi, j'ai
toujours pensé qu'il y avait ingratitude à renier de tels
ancêtres. Nous ne devons guère qu'aux Arabes les qualités exceptionnelles qui ont dessiné dans l'histoire la
grande figure de notre passé. Ils nous ont légué leur
mépris de l'argent, leur mépris du mensonge, leur
mépris de la mort, leur inexprimable fierté. Nous
tenons d'eux notre attitude si droite en face de tout ce
qui est bas, et aussi je ne sais quelle paresse devant les
travaux manuels. En vérité, nous sommes leurs fils, et
ce n'est pas sans raison que nous continuons encore à
danser leurs danses orientales au son de leurs "féroces
romances". »

Le soleil montait dans un grand ciel libre et bleu. La
mâture encore brune des vieux arbres du parc laissait
voir par intervalles le vert des lauriers et des palmiers
souples. De soudaines bouffées de chaleur enchan-

---

1. Supplice des condamnés à mort jusqu'à la fin de la dictature
de Franco : on serrait le cou au moyen d'une corde que tordait un
bâton (appelé garrot) et plus tard au moyen d'un anneau à vis.
L'Inquisition accordait aux condamnés les moins coupables la
faveur d'être garrottés avant d'être brûlés.   **2.** Du VIIIe siècle à
1492 (reconquête de Grenade).

taient ce matin d'hiver d'un pays où l'hiver ne se
repose point.

« Vous viendrez déjeuner chez moi, j'espère ? dit
don Mateo. Ma huerta [1] est là, près de la route d'Empalme. Dans une demi-heure, nous y serons, et, si vous
le permettez, je vous garderai jusqu'au soir afin de
vous montrer mes haras où j'ai quelques nouvelles
bêtes.

— Je serai très indiscret, s'excusa André. J'accepte
le déjeuner, mais non l'excursion. Ce soir, j'ai un rendez-vous que je ne puis manquer, croyez-moi.

— Une femme ? Ne craignez rien, je ne vous pose-
rai pas de questions. Soyez libre. Je vous sais même
gré de passer avec moi le temps qui vous sépare de
l'heure fixée. Quand j'avais votre âge, je ne pouvais
voir personne pendant mes journées mystérieuses. Je
me faisais servir mes repas dans ma chambre, et la
femme que j'attendais était le premier être à qui j'eusse
parlé depuis l'instant de mon réveil. »

Il se tut un instant, puis, sur un ton de conseil :
« Ah ! Monsieur ! dit-il, prenez garde aux femmes !
Je ne vous dirai pas de les fuir, car j'ai usé ma vie avec
elles, et si ma vie était à refaire, les heures que j'ai
passées ainsi sont parmi celles que je voudrais revivre.
Mais gardez-vous, gardez-vous d'elles ! »

Et comme s'il avait trouvé une expression à sa pensée, don Mateo ajouta plus lentement :

« Il est deux sortes de femmes qu'il ne faut connaître
à aucun prix : d'abord celles qui ne vous aiment pas,
et ensuite, celles qui vous aiment. — Entre ces deux
extrémités, il y a des milliers de femmes charmantes,
mais nous ne savons pas les apprécier. »

Le déjeuner eût été assez terne si l'animation de don
Mateo n'eût remplacé, par un long monologue, l'entre-

---

1. Domaine, propriété à la campagne.

tien qui fit défaut ; car André, préoccupé de ses pensées personnelles, n'écouta qu'à demi ce qui lui fut conté. A mesure que l'instant du rendez-vous approchait, le battement de cœur qu'il avait senti naître la veille reprenait avec une insistance toujours plus pressante. C'était un appel assourdissant en lui-même, un impératif absolu qui chassait de son esprit tout ce qui n'était pas la femme espérée. Il aurait tout donné pour que la grande aiguille de la pendule Empire où il tenait ses yeux fixés fût avancée de cinquante minutes. — Mais l'heure qu'on regarde devient immobile, et le temps ne s'écoulait pas plus qu'une mare éternellement stagnante.

A la fin, contraint de demeurer et cependant incapable de se taire plus longtemps, il fit preuve d'une jeunesse peut-être un peu récente en tenant à son hôte ce discours imprévu :

« Don Mateo, vous avez toujours été pour moi un homme d'excellent conseil. Voulez-vous me permettre de vous confier un secret et de vous demander un avis ?

— Tout à votre disposition, dit à l'espagnole Mateo en se levant de table pour passer au fumoir.

— Eh bien... voici... c'est une question... balbutia André. Vraiment à tout autre qu'à vous je ne la poserais pas... Connaissez-vous une Sévillane qui s'appelle doña Concepcion Garcia ? »

Mateo bondit :

« Concepcion Garcia ! Concepcion Garcia ! Mais laquelle ? expliquez-vous ! Il y a vingt mille Concepcion Garcia en Espagne ! C'est un nom aussi commun que chez vous Jeanne Duval[1] ou Marie Lambert. Pour l'amour de Dieu, dites-moi son nom de jeune fille. Est-ce P... Perez, dites-moi ? Est-ce Perez ? Concha Perez ? Mais parlez donc ! »

André, complètement bouleversé par cette émotion soudaine, eut un instant le pressentiment qu'il valait mieux ne pas dire la vérité ; mais il parla plus vite qu'il n'eût voulu, et, vivement, répondit :

---

1. C'est le nom de la maîtresse métisse de Baudelaire.

« Oui. »

Alors Mateo, précisant chaque détail comme on torture une plaie, continua :

« Conception Perez de Garcia, 22, plaza del Triunfo,
dix-huit ans, des cheveux presque noirs et une
bouche... une bouche...

— Oui, dit André.

— Ah ! vous avez bien fait de me parler d'elle.
Vous avez bien fait, Monsieur. Si je peux vous arrêter
à la porte de celle-là, ce sera une bonne action de ma
part, et un rare bonheur pour vous.

— Mais qui est-elle ?

— Comment ? Vous ne la connaissez pas ?

— Je l'ai rencontrée hier pour la première fois ; je
ne l'ai même pas entendue parler.

— Alors, il est encore temps !

— C'est une fille ?

— Non, non. Elle est même, en somme, honnête
femme. Elle n'a pas eu plus de quatre ou cinq amants.
A l'époque où nous vivons, c'est une chasteté.

— Et...

— En outre, croyez bien qu'elle est remarquablement intelligente. Remarquablement. A la fois par son
esprit, qui est des plus fins, et par sa connaissance de
la vie, je la juge supérieure. Je ne lui ferai grâce d'aucun éloge. Elle danse avec une éloquence qui est irrésistible. Elle parle comme elle danse et elle chante
comme elle parle. Qu'elle ait un joli visage, je suppose
que vous n'en doutez pas ; et si vous voyiez ce qu'elle
cache, vous diriez que même sa bouche... Mais il suffit.
Ai-je tout dit ? »

André, agacé, ne répondit pas.

Don Mateo lui saisit les deux manches de son ves-
ton, et scandant par une secousse la moindre de ses
paroles, il ajouta :

« Et c'est la PIRE des femmes, Monsieur, Monsieur, entendez-vous ? C'est la PIRE des femmes de la terre [1]. Je n'ai plus qu'un espoir, qu'une consolation au cœur : c'est que le jour de sa mort, Dieu ne lui pardonnera pas. »

André se leva :

« Néanmoins, don Mateo, moi qui ne suis pas encore autorisé à parler de cette femme comme vous le faites, je n'ai aucun droit de ne pas me rendre au rendez-vous qu'elle m'a donné. Ai-je besoin de vous répéter que je vous ai fait une confidence et que je regrette d'interrompre les vôtres par un départ prématuré ? »

Et il lui tendit la main.

Mateo se plaça devant la porte :

« Écoutez-moi, je vous en conjure. Écoutez-moi. Il n'y a qu'un instant, vous me disiez encore que j'étais un homme d'excellent conseil. Je n'accepte pas ce jugement. Je n'en ai pas besoin, pour vous parler ainsi. J'oublie aussi l'affection que j'ai pour vous, et qui suffirait bien, cependant, à expliquer mon insistance :

— Mais alors ?...

— Je vous parle d'homme à homme, comme le premier venu arrêterait un passant pour l'avertir d'un danger grave et je vous crie : N'avancez plus, retournez sur vos pas, oubliez qui vous avez vu, qui vous a parlé, qui vous a écrit ! Si vous connaissez la paix, les nuits calmes, la vie insouciante, tout ce que nous appelons le bonheur, n'approchez pas Concha Perez ! Si vous ne voulez pas que le jour où nous sommes partage votre passé d'avec votre avenir en deux moitiés de joie et

---

1. En 1897, donc un an après avoir commencé son roman, Louÿs, très épris d'une jeune Mauresque, Zohra, qu'il veut emmener en France, écrit à son frère Georges : « Cinq personnes m'ont dit ici : "Cher ami, je vais vous rendre un grand service : ne vous liez pas à elle ; c'est LA PIRE des femmes !" — Ils n'ont pourtant pas lu l'Andalouse. Je vais faire comme mon héros de roman. Je l'emmène » (lettre du 19 avril 1897).

d'angoisse[1], n'approchez pas Concha Perez ! Si vous n'avez pas encore éprouvé jusqu'à l'extrême la folie qu'elle peut engendrer et maintenir dans un cœur humain, n'approchez pas cette femme, fuyez-la comme la mort, laissez-moi vous sauver d'elle, ayez pitié de vous, enfin !

— Don Mateo, vous l'aimez donc ? »

L'Espagnol se passa la main sur le front et murmura :

« Oh ! non, tout est bien fini. Je ne l'aime ni ne la hais plus. La chose est passée. Tout s'efface...

— Ainsi, je ne vous blesserai pas personnellement si je m'abstiens de suivre vos avis ? Je vous ferais volontiers un sacrifice de ce genre ; mais je n'ai pas à m'en faire à moi-même... Quelle est votre réponse ? »

Mateo regarda André ; puis changeant tout à coup l'expression de ses traits, il lui dit sur un ton de boutade :

« Monsieur, il ne faut jamais aller au premier rendez-vous que donne une femme.

— Et pourquoi ?

— Parce qu'elle n'y vient pas. »

André, à qui ce mot rappelait un souvenir particulier, ne put s'empêcher de sourire.

« C'est quelquefois vrai, dit-il.

— Très souvent. Et si, par hasard, elle vous attendait en ce moment, soyez sûr que votre absence ne ferait que déterminer son inclination pour vous. »

André réfléchit, et sourit de nouveau.

« Cela veut dire... ?

— ... Que sans faire aucune personnalité, et quand même la jeune femme à laquelle vous vous intéressez

---

1. Plus tard, commençant le récit de son aventure avec Concha, don Mateo dira : « Monsieur, il y a dans la jeunesse des gens heureux un instant précis où la chance tourne, où la pente qui montait redescend, où la mauvaise action commence. Ce fut là le mien. »

se nommerait Lola Vasquez ou Rosario Lucena, je vous conseille de reprendre le fauteuil où vous étiez tout à l'heure et de ne plus le quitter sans raison sérieuse. Nous allons fumer des cigares en buvant des sirops glacés. C'est un mélange qui n'est pas très connu dans les restaurants de Paris, mais qui se fait d'un bout à l'autre de l'Amérique espagnole. Vous me direz tout à l'heure si vous goûtez pleinement la fumée du havane mêlée au sucre frais. »

Un court silence suivit. Tous deux s'étaient assis de chaque côté d'une petite table qui portait des *puros* [1] et des cendriers ronds.

« Et maintenant, de quoi parlerons-nous ? » interrogea don Mateo.

André fit un geste qui signifiait :

Vous le savez bien.

« Je commence donc », dit Mateo d'une voix plus basse ; et la feinte gaieté qu'il avait découverte un moment s'éteignit sous un nuage durable.

---

1. Des havanes.

« J'aurai toujours ignoré ces pâles objets du désir. »
Carole Bouquet et Fernando Rey dans le film de Luis Buñuel *Cet obscur objet du désir* (1977).

IV

APPARITION D'UNE PETITE MORICAUDE
DANS UN PAYSAGE POLAIRE

Il y a trois ans, Monsieur, je n'avais pas encore les cheveux gris que vous me voyez. J'avais trente-sept ans [1] ; je m'en croyais vingt-deux ; à aucun instant de ma vie je n'avais senti passer ma jeunesse et personne encore ne m'avait fait comprendre qu'elle approchait de sa fin.

On vous a dit que j'étais coureur : c'est faux. Je respectais trop l'amour pour fréquenter les arrière-boutiques, et je n'ai presque jamais possédé une femme que je n'eusse aimée passionnément. Si je vous nommais celles-là, vous seriez surpris de leur petit nombre. Dernièrement encore, en en faisant de mémoire le compte facile, je songeais que je n'avais jamais eu de maîtresse blonde. J'aurai toujours ignoré ces pâles objets du désir [2].

Ce qui est vrai, c'est que l'amour n'a pas été pour moi une distraction ou un plaisir, un passe-temps comme pour quelques-uns. Il a été ma vie même. Si je supprimais de mon souvenir les pensées et les actions qui ont eu la femme pour but, il n'y resterait plus rien, que le vide.

---

1. Casanova en a trente-huit au moment de son aventure avec la Charpillon. **2.** C'est en songeant à cette formule que Buñuel a donné pour titre à son film : *Cet obscur objet du désir.*

Ceci dit, je puis maintenant vous conter ce que je sais de Concha Perez.

C'était donc il y a trois ans, trois ans et demi, en hiver. Je revenais de France, un 26 décembre, par un froid terrible, dans l'express qui passe vers midi le pont de la Bidassoa[1]. La neige, déjà fort épaisse sur Biarritz et Saint-Sébastien, rendait presque impraticable la traversée de Guipuzcoa. Le train s'arrêta deux heures à Zumarraga, pendant que des ouvriers déblayaient hâtivement la voie ; puis il repartit pour stopper une seconde fois, en pleine montagne, et trois heures furent nécessaires à réparer le désastre d'une avalanche. Toute la nuit, ceci recommença. Les vitres du wagon lourdement feutrées de neige assourdissaient le bruit de la marche et nous passions au milieu d'un silence à qui le danger donnait un caractère de grandeur.

Le lendemain matin, arrêt devant Avila. Nous avions huit heures de retard, et depuis un jour entier nous étions à jeun. Je demande à un employé si l'on peut descendre ; il me crie :

« Quatre jours d'arrêt. Les trains ne passent plus. »

Connaissez-vous Avila ? C'est là qu'il faut envoyer les gens qui croient morte la vieille Espagne. Je fis porter mes malles dans une *fonda*[2] où don Quichotte aurait pu loger ; des pantalons de peau à franges[3] étaient assis sur des fontaines ; et le soir, quand des cris dans les rues nous apprirent que le train repartait tout à coup, la diligence à mules noires qui nous traîna au galop dans la neige en manquant vingt fois de culbuter était certainement la même qui mena jadis de Burgos à l'Escorial les sujets du roi Philippe-Quint[4].

---

1. Le récit que Louÿs prête ici à don Mateo suit largement les souvenirs, consignés dans le *Journal du Voyage en Espagne*, de sa propre traversée des Pyrénées sous la neige, le 7-8 janvier 1895. **2.** Auberge.   **3.** Par métonymie, l'expression désigne des cavaliers dont c'est la tenue.   **4.** Petit-fils de Louis XIV, le duc d'Anjou (1683-1746) régna sur l'Espagne à partir de 1700.

Ce que j'achève de vous dire en quelques minutes, Monsieur, cela dura quarante heures.

Aussi, quand, vers huit heures du soir, en pleine nuit d'hiver et me privant de dîner pour la seconde fois, je repris mon coin à l'arrière, alors je me sentis envahi par un ennui démesuré. Passer une troisième nuit de wagon avec les quatre Anglais endormis qui me suivaient depuis Paris, c'était au-dessus de mon courage. Je laissai mon sac dans le filet, et, emportant ma couverture, je pris place comme je pus dans un compartiment d'une classe inférieure qui était plein de femmes espagnoles.

Un compartiment, je devrais dire quatre, car tous communiquaient à hauteur d'appui[1]. Il y avait là des femmes du peuple, quelques marins, deux religieuses, trois étudiants, une gitane et un garde civil. C'était, comme vous le voyez, un public mêlé. Tous ces gens parlaient à la fois et sur le ton le plus aigu. Je n'étais pas assis depuis un quart d'heure et déjà je connaissais la vie de tous mes voisins. Certaines personnes se moquent des gens qui se livrent ainsi. Pour moi, je n'observe jamais sans pitié ce besoin qu'ont les âmes simples de crier leurs peines dans le désert.

Tout à coup, le train s'arrêta. Nous passions la Sierra de Guadarrama, à quatorze cents mètres d'altitude. Une nouvelle avalanche venait de barrer la route. Le train essaya de reculer : un autre éboulement lui barrait le retour. Et la neige ne cessait pas d'ensevelir lentement les wagons.

C'est un récit de Norvège, que je vous conte là, n'est-il pas vrai ? Si nous avions été en pays protestant, les gens se seraient mis à genoux en recommandant leur âme à Dieu ; mais, hors les journées de tonnerre, nos Espagnols ne craignent pas les vengeances soudaines du ciel. Quand ils apprirent que le convoi était décidément bloqué, ils s'adressèrent à la gitane, et lui demandèrent de danser.

----

1. A la hauteur ordinaire du coude d'un homme qui se penche, dit Littré.

Elle dansa. C'était une femme d'une trentaine d'années au moins, très laide, comme la plupart des filles de sa race, mais qui semblait avoir du feu entre la taille et les mollets. En un instant, nous oubliâmes le froid, la neige et la nuit. Les gens des autres compartiments étaient à genoux sur les bancs de bois, et, le menton sur les barrières, ils regardaient la bohémienne. Ceux qui l'entouraient de plus près « toquaient » des paumes en cadence selon le rythme toujours varié du *baile*[1] *flamenco*.

C'est alors que je remarquai dans un coin, en face de moi, une petite fille qui chantait.

Celle-ci avait un jupon rose, ce qui me fit aisément deviner qu'elle était de race andalouse, car les Castillanes préfèrent les couleurs sombres, le noir français ou le brun allemand. Ses épaules et sa poitrine naissante disparaissaient sous un châle crème, et, pour se protéger du froid, elle avait autour du visage un foulard blanc qui se terminait par deux longues cornes en arrière.

Tout le wagon savait déjà qu'elle était élève au couvent de San José d'Avila, qu'elle se rendait à Madrid, qu'elle allait retrouver sa mère, qu'elle n'avait pas de *novio* (1) et qu'on l'appelait Concha Perez.

Sa voix était singulièrement pénétrante. Elle chantait sans bouger, les mains sous le châle, presque étendue, les yeux fermés ; mais les chansons qu'elle chantait là, j'imagine qu'elle ne les avait pas apprises chez les sœurs. Elle choisissait bien, parmi ces *coplas*[2] de quatre vers où le peuple met toute sa passion. Je l'entends encore chanter avec une caresse dans la voix :

---

(1) *Novio*, et le féminin *novia*, correspondent exactement à ce que les ouvriers français appellent une *connaissance*. C'est un mot délicat en ceci qu'il ne préjuge rien et qu'il désigne à volonté l'amitié, l'amour, ou le plus simple concubinage.

---

1. De la danse. Comme on le verra plus loin, le mot désigne aussi la salle de danse.   **2.** Chansons populaires.

> *Dime, niña, si me quieres ;*
> *Por Dios, descubre tu pecho...* [1]

ou :

> *Tes matelas sont des jasmins,*
> *Tes draps des roses blanches,*
> *Des lis tes oreillers,*
> *Et toi, une rose qui te couches.*

Je ne vous dis que les moins vives.

Mais soudain, comme si elle avait senti le ridicule d'adresser de pareilles hyperboles à cette sauvagesse, elle changea de ton son répertoire et n'accompagna plus la danse que par des chansons ironiques comme celle-ci, dont je me souviens :

> *Petite aux vingt* novios
> *(Et avec moi vingt et un),*
> *Si tous sont comme je suis*
> *Tu resteras toute seule.*

La gitane ne sut d'abord si elle devait rire ou se fâcher. Les rieurs étaient pour l'adversaire et il était visible que cette fille d'Égypte ne comptait pas au nombre de ses qualités l'esprit de repartie qui remplace, dans nos sociétés modernes, les arguments du poing fermé.

Elle se tut en serrant les dents. La petite, complètement rassurée désormais sur les conséquences de son escarmouche, redoubla d'audace et de gaieté.

Une explosion de colère l'interrompit. L'Égyptienne levait ses deux mains crispées :

« Je t'arracherai les yeux ! Je t'arracherai...

— Gare à moi ! » répondit Concha le plus tranquillement du monde et sans même lever les paupières.

---

1. *Dis-moi, petite, si tu m'aimes ; / Par Dieu, découvre ta poitrine.*

Puis, au milieu d'un torrent d'injures, elle ajouta de la même voix très calme :

« Gardes ! qu'on me fournisse deux *chulos*[1] », comme si elle était devant un taureau.

Tout le wagon était en joie. *Olé'*, disaient les hommes. Et les femmes lui jetaient des regards de tendresse.

Elle ne se troubla qu'une fois, sous un outrage plus sensible : la gitane l'appelait « Fillette ! ».

« Je suis femme », dit la petite en frappant ses seins naissants[2].

Et les deux combattantes se jetèrent l'une sur l'autre avec de vraies larmes de rage.

Je m'interposai : les batailles de femmes sont des spectacles que je n'ai jamais pu regarder avec le désintéressement que leur témoignent les foules. Les femmes se battent mal et dangereusement. Elles ne connaissent pas le coup de main qui terrasse, mais le coup d'ongle qui aveugle. Elles me font peur.

Je les séparai donc et ce n'était pas facile. Fou qui se glisse entre deux ennemies ! Je fis de mon mieux ; après quoi, elles se renfoncèrent chacune dans son coin avec le battement de pied de la fureur contenue.

Quand tout fut apaisé, un grand escogriffe vêtu d'un uniforme de garde civil (1), surgit d'un compartiment voisin. Il enjamba de ses longues bottes la barrière de bois qui servait de dossier, promena ses regards protecteurs sur le champ de bataille où il n'avait plus rien à faire, et avec cette infaillibilité de la police qui frappe

---

(1) Gendarme espagnol.

---

1. Aides du torero.   2. « (Une autre réponse de la petite, avec la voix la plus tranquille : "Guardia ! qu'on me fournisse deux chulos" comme si elle était devant un taureau.) [...] / La gitane [...] se moque d'elle en l'appelant : / "Muchacha" (petit bout de femme). Mais l'autre se lève gravement, en montrant ses seins sous le châle : / "Yo soy mujer !" » (*Journal du Voyage en Espagne*, 8 janvier 1895).

toujours le plus faible, il appliqua sur la joue de la pauvre petite Concha un soufflet stupide et brutal.

Sans daigner expliquer cette sentence sommaire, il fit passer l'enfant dans un autre compartiment, revint lui-même dans le sien par une seconde enjambée de ses bottes caricaturales, et croisa gravement les mains sur son sabre, avec la satisfaction d'avoir rétabli l'ordre public.

Le train s'était remis en marche. Nous passâmes Sainte-Marie-des-Neiges dans un paysage de prodige. Un cirque immense de blancheurs sous un précipice de mille pieds se refermait à l'horizon par une ligne de montagnes pâles. La lune éclatante et glacée était l'âme même de la sierra neigeuse et nulle part je ne l'ai vue plus divine que pendant cette nuit d'hiver. Le ciel était absolument noir. Elle seule luisait, et la neige. Par moments, je me croyais en route dans un train silencieux et fantastique, à la découverte d'un pôle.

J'étais seul à voir ce mirage. Mes voisins dormaient déjà. Avez-vous remarqué, cher ami, que les gens ne regardent jamais rien de ce qui est intéressant ? L'an dernier, sur le pont de Triana [1], je m'étais arrêté en contemplation devant le plus beau coucher de soleil de l'année. Rien ne peut donner une idée de la splendeur de Séville dans un pareil moment. Eh bien, je regardais les passants : ils allaient à leurs affaires ou causaient en promenant leur ennui ; mais pas un ne tournait la tête. Cette soirée de triomphe, personne ne l'a vue.

... [2] Comme je contemplais la nuit de lune et de neige et que mes yeux se lassaient déjà de son éblouissante blancheur, l'image de la petite chanteuse traversa ma

---

1. Le pont d'Isabelle II qui relie la ville au faubourg de Triana (Trajana à l'époque romaine : l'empereur Trajan était lui-même natif d'Italica, au nord-ouest de l'actuelle Séville). Même souvenir chez Gautier : « Nous allions là nous promener tous les soirs et regarder le soleil se coucher derrière le faubourg de Triana, situé de l'autre côté du fleuve. »   **2.** Ces points de suspension, qu'on retrouvera en d'autres endroits, semblent marquer un instant de rêverie ou une pause accrue dans le récit de don Mateo.

« Le jour vint, comme nous passions l'Escorial. »

pensée, et je souris du rapprochement. Cette jeune
moricaude dans ce paysage scandinave, c'était une
mandarine sur une banquise, une banane aux pieds
d'un ours blanc, quelque chose d'incohérent et de
cocasse.

Où était-elle ? Je me penchai par-dessus la barrière
d'appui et je la vis tout près de moi, si près que j'aurais
pu la toucher.

Elle s'était endormie, la bouche ouverte, les mains
croisées sous le châle, et dans le sommeil sa tête avait
glissé sur le bras de la religieuse voisine. Je voulais
bien croire qu'elle était femme, puisqu'elle-même nous
l'avait dit ; mais elle dormait, Monsieur, comme un
enfant de six mois. Presque tout son visage était emmi-
touflé dans son foulard à cornes qui se moulait à ses
joues en boule. Une mèche ronde et noire, une paupière
fermée sous des cils très longs, un petit nez dans la
lumière et deux lèvres marquées d'ombre, je n'en
voyais pas plus, et pourtant je m'attardai jusqu'à l'aube
sur cette bouche singulière, tellement enfantine et sensuelle ensemble, que je doutais parfois si ses mouvements de rêve appelaient le mamelon de la nourrice ou
les lèvres de l'amant.

Le jour vint, comme nous passions l'Escorial. L'hiver sec et terne des alrededores [1] avait remplacé, dans
l'horizon des vitres, les merveilles de la sierra. Bientôt,
nous entrâmes en gare, et comme je descendais ma
valise, j'entendis une petite voix qui criait, sur le quai :

« Mira ! mira ! [2] »

Elle montrait du doigt les massifs de neige qui, d'un
bout à l'autre du train, couvraient le toit des wagons,
s'attachaient aux fenêtres, coiffaient les tampons, les
ressorts, les ferrures ; et auprès des trains intacts qui
allaient quitter la ville, l'aspect lamentable du nôtre la
faisait rire aux éclats.

Je l'aidais à prendre ses paquets ; je voulais les faire
porter, mais elle refusa. Elle en avait six. Rapidement,
elle enfila les six anses comme elle put, une à l'épaule,

----

1. *Des environs.*   2. *Regarde, regarde !*

la seconde au coude, et les quatre autres dans les mains.

Elle s'enfuit en courant.

Je la perdis de vue.

Vous voyez, Monsieur, combien cette première rencontre est insignifiante et vague. Ce n'est pas un début de roman [1] : le décor y tient plus de place que l'héroïne, et j'aurais pu n'en pas tenir compte ; mais quoi de plus irrégulier qu'une aventure de la vie réelle ? Cela commence vraiment ainsi.

J'en jurerais aujourd'hui : si l'on m'avait demandé, ce matin-là, quel était pour moi l'événement de la nuit, quel souvenir j'aurais plus tard de ces quarante heures entre cent mille, j'aurais parlé du paysage et non de Concha Perez.

Elle m'avait amusé vingt minutes. Sa petite image m'occupa une fois ou deux encore, puis le courant de mes affaires m'entraîna autre part et je cessai de penser à elle.

---

1. Ce qui est vrai puisque Louÿs suit ses souvenirs d'assez près. Mais la remarque de don Mateo vise surtout à produire un effet de réel.

V

OÙ LA MÊME PERSONNE REPARAÎT DANS UN DÉCOR
PLUS CONNU

L'été suivant, je la retrouvai tout à coup.

J'étais depuis longtemps revenu à Séville, assez tôt pour reprendre encore une liaison déjà ancienne et pour la rompre.

De ceci, je ne vous dirai rien. Vous n'êtes pas ici pour entendre le récit de mes mémoires et j'ai d'ailleurs peu de goût à livrer des souvenirs intimes. Sans l'étrange coïncidence qui nous réunit autour d'une femme, je ne vous aurais point découvert ce fragment de mon passé. Que du moins cette confidence reste unique, même entre nous.

Au mois d'août, je me retrouvai seul dans ma maison qu'une présence féminine emplissait depuis des années. Le second couvert enlevé, les armoires sans robes, le lit vide, le silence partout : si vous avez été amant, vous me comprenez ; c'est horrible.

Pour échapper à l'angoisse de ce deuil pire que les deuils, je sortais du matin au soir, j'allais n'importe où, à cheval ou à pied, avec un fusil, une canne ou un livre ; il m'arriva même de coucher à l'auberge pour ne pas rentrer chez moi. Une après-midi, par désœuvrement, j'entrai à la Fábrica (1).

_____

(1) La manufacture de tabacs de Séville.

C'était une accablante journée d'été. J'avais déjeuné à l'hôtel de Paris, et pour aller de Las Sierpes [1] à la rue San-Fernando, « à l'heure où il n'y a dans les rues que les chiens et les Français », j'avais cru mourir de soleil.

J'entrai, et j'entrai seul, ce qui est une faveur, car vous savez que les visiteurs sont conduits par une surveillante dans ce harem immense de quatre mille huit cents femmes, si libres de tenue et de propos.

Ce jour-là, qui était torride, je vous l'ai dit, elles ne mettaient aucune réserve à profiter de la tolérance qui leur permet de se déshabiller à leur guise dans l'insoutenable atmosphère où elles vivent de juin à septembre. C'est pure humanité qu'un tel règlement, car la température de ces longues salles est saharienne et il est charitable de donner aux pauvres filles la même licence qu'aux chauffeurs des paquebots. Mais le résultat n'en est pas moins intéressant.

Les plus vêtues n'avaient que leur chemise autour du corps (c'étaient les prudes) ; presque toutes travaillaient le torse nu, avec un simple jupon de toile desserré de la ceinture et parfois retroussé jusqu'au milieu des cuisses. Le spectacle était mélangé. C'était la femme à tous les âges, enfant et vieille, jeune ou moins jeune, obèse, grasse, maigre, ou décharnée. Quelques-unes étaient enceintes. D'autres allaitaient leur petit. D'autres n'étaient même pas nubiles. Il y avait de tout dans cette foule nue, excepté des vierges, probablement. Il y avait même de jolies filles.

Je passais entre les rangs compacts en regardant de droite et de gauche, tantôt sollicité d'aumônes et tantôt apostrophé par les plaisanteries les plus cyniques. Car l'entrée d'un homme seul dans ce harem monstre éveille bien des émotions. Je vous prie de croire qu'elles ne mâchent pas les mots quand elles ont mis

---

1. C'est en sortant de la manufacture où il vient d'arrêter Carmen que don José passe par cette rue des Serpents.

leur chemise bas, et elles ajoutent à la parole quelques
gestes d'une impudeur ou plutôt d'une simplicité qui
est un peu déconcertante, même pour un homme de
mon âge. Ces filles sont impudiques comme des
femmes honnêtes.

Je ne répondais pas à toutes. Qui peut se flatter
d'avoir le dernier mot avec une cigarrera ? Mais je les
regardais curieusement et leur nudité se conciliant mal
avec le sentiment d'un travail pénible, je croyais voir
toutes ces mains actives se fabriquer à la hâte d'innom-
brables petits amants en feuilles de tabac. Elles faisaient, d'ailleurs, ce qu'il faut pour m'en suggérer
l'idée.

Le contraste est singulier, de la pauvreté de leur
linge et du soin extrême qu'elles apportent à leurs
têtes chargées de cheveux. Elles sont coiffées au
petit fer comme à l'heure d'entrer au bal et poudrées
jusqu'au bout des seins, même par-dessus leurs
saintes médailles. Pas une qui n'ait dans son chignon
quarante épingles et une fleur rouge. Pas une qui
n'ait au fond de son mouchoir la petite glace et la
houppette blanche. On les prendrait pour des actrices
en costume de mendiantes.

Je les considérais une à une, et il me parut que même
les plus tranquilles montraient quelque vanité à se laisser examiner. J'en vis de plus jeunes qui se mettaient
à l'aise, comme par hasard, au moment où j'approchais
d'elles. A celles qui avaient des enfants je donnais
quelques perras[1] ; à d'autres des bouquets d'œillets
dont j'avais empli mes poches, et qu'elles suspendaient
immédiatement sur leur poitrine à la chaînette de leur
croix. Il y avait, n'en doutez pas, de bien pauvres ana-
tomies dans ce troupeau hétéroclite[2], mais toutes

---

1. Piécettes.   **2.** Barrès : « Le troupeau de filles que j'y tra-
versai, par cette accablante journée... » (*Du sang, de la volupté et
de la mort*).

étaient intéressantes, et je m'arrêtai plus d'une fois devant un admirable corps féminin, comme vraiment il n'y en a pas ailleurs qu'en Espagne, un torse chaud, plein de chair, velouté comme un fruit et très suffisamment vêtu par la peau brillante d'une couleur uniforme et foncée, où se détachent avec vigueur l'astrakan bouclé des sous-bras et les couronnes noires des seins.

J'en vis quinze qui étaient belles. C'est beaucoup, sur cinq mille femmes.

Presque assourdi, et un peu las, j'allais quitter la troisième salle, quand au milieu des cris et des éclats de paroles, j'entendis près de moi une petite voix futée qui me disait :

« Caballero, si vous me donnez une *perra chica* (1) je vous chanterai une petite chanson. »

Je reconnus Concha avec une stupéfaction parfaite. Elle avait — je la vois encore — une longue chemise un peu usée mais qui tenait bien à ses épaules et ne la décolletait qu'à peine. Elle me regardait en redressant avec la main un piquet de fleurs de grenadier dans le premier maillon de sa natte noire.

« Comment es-tu venue ici ?

— Dieu le sait. Je ne me souviens plus.

— Mais ton couvent d'Avila ?

— Quand les filles y reviennent par la porte, elles en sortent par la fenêtre.

— Et c'est par là que tu es sortie ?

— Caballero, je suis honnête, je ne suis pas rentrée du tout de peur de faire un péché. Eh bien, donnez-moi un réal (2) et je vous chanterai une soledad[1] pendant que la surveillante est au fond de la salle. »

---

(1) Un sou.   (2) Cinq sous.

---

1. Chanson andalouse.

Vous pensez si les voisines nous regardaient pendant ce dialogue. Moi, sans doute, j'en avais quelque embarras, mais Concha était imperturbable. Je poursuivis :

« Alors, avec qui es-tu à Séville ?

— Avec maman. »

Je frémis. Un amant, pour une jeune fille, est encore une garantie ; mais une mère, quelle perdition !

« Maman et nous, nous nous occupons. Elle va à l'église ; moi je viens ici. C'est la différence d'âge.

— Tu viens tous les jours ?

— A peu près.

— Seulement ?

— Oui. Quand il ne pleut pas, quand je n'ai pas sommeil, quand cela m'ennuie d'aller me promener. On entre ici comme on veut ; demandez-le à mes voisines ; mais il faut être là à midi, ou alors on n'est pas reçue.

— Pas plus tard ?

— Ne plaisantez pas. Midi, *Dios mio !* comme c'est matin déjà ! J'en connais qui n'arrivent pas deux jours sur quatre à se lever d'assez bonne heure pour trouver la grille ouverte. Et vous savez, pour ce qu'on gagne, on ferait mieux de rester chez soi.

— Combien gagne-t-on ?

— Soixante-quinze centimes pour mille cigares ou mille paquets de cigarettes. Moi, comme je travaille bien, j'ai une piécette ; mais ce n'est pas encore le Pérou... Donnez-moi aussi une piécette, caballero, et je vous chanterai une séguédille [1] que vous ne connaissez pas. »

Je jetai dans sa boîte un napoléon et je la quittai en lui tirant l'oreille.

Monsieur, il y a dans la jeunesse des gens heureux un instant précis où la chance tourne, où la pente qui

---

1. Danse andalouse.

montait redescend, où la mauvaise action commence. Ce fut là le mien. Cette pièce d'or jetée devant cette enfant, c'était le dé fatal de mon jeu [1]. Je date de là ma vie actuelle, ma ruine morale, ma déchéance et tout ce que vous voyez d'altéré sur mon front. Vous saurez cela : l'histoire est bien simple, vraiment, presque banale, sauf un point ; mais elle m'a tué [2].

J'étais sorti et je marchais lentement dans la rue sans ombre, quand j'entendis derrière moi un petit pas qui courait. Je me retournai : elle m'avait rejoint.

« Merci, Monsieur », me dit-elle.

Et je vis que sa voix avait changé. Je ne m'étais pas rendu compte de l'effet que ma petite offrande avait dû produire pour elle ; mais cette fois je m'aperçus qu'il était considérable. Un napoléon, c'est vingt-quatre piécettes, le prix d'un bouquet : pour une cigarrera, c'est le travail d'un mois. En outre, c'était une pièce d'or, et l'on n'en voit guère en Espagne qu'à la devanture du changeur...

J'avais évoqué, sans le vouloir, toute l'émotion de la richesse.

Bien entendu, elle s'était empressée de laisser là les paquets de cigarettes qu'elle bourrait depuis le matin. Elle avait repris son jupon, ses bas, son châle jaune, son éventail, et, les joues poudrées à la hâte, elle m'avait bien vite retrouvé.

« Venez, continua-t-elle, vous êtes mon ami. Reconduisez-moi chez maman, puisque j'ai congé, grâce à vous.

---

1. C'est donc lui qui joue ; plus tard, pour souligner l'ascendant fatal de Concha, Mateo dira : « Ce n'est pas une suite de hasards : je ne crois pas à ces coups de dés qui régiraient des destinées. »
2. Casanova : « C'était vers la fin de septembre 1763 que je fis la connaissance de la Charpillon, et c'est de ce jour que j'ai commencé à mourir. » Et l'on songe à la phrase de Des Grieux à M. de Renoncour, mais cette fois à la fin du livre : « Pardonnez si j'achève en peu de mots un récit qui me tue. »

— Où demeure-t-elle, ta mère ?

— Calle Manteros, tout près. Vous avez été gentil pour moi ; mais vous n'avez pas voulu de ma chanson, c'est mal. Aussi, pour vous punir, c'est vous qui allez m'en dire une.

— Cela, non.

— Si, je vais vous la souffler. »

Elle se pencha à mon oreille.

« Vous allez me réciter celle-là :

« *¿ Hay quien nos escuche ? — No.*
— *¿ Quieres que te diga ? — Di.*
— *¿ Tienes otro amante ? — No.*
— *¿ Quieres que lo sea ? — Si.* » (1)

« Mais, vous savez, c'est une chanson et les réponses ne sont pas de moi.

— Est-ce bien vrai ?

— Oh ! absolument.

— Et pourquoi ?

— Devinez.

— Parce que tu ne m'aimes pas.

— Si, je vous trouve charmant.

— Mais tu as un ami ?

— Non, je n'en ai pas.

— Alors, c'est par piété ?

— Je suis très pieuse, mais je n'ai pas fait de vœux, caballero.

— Ce n'est pas froideur, sans doute ?

— Non, Monsieur.

— Il y a bien des questions que je ne peux pas te poser, ma chère petite. Si tu as une raison, dis-la-moi.

---

(1) « *Quelqu'un qui nous écoute ? — Non.*
— *Tu veux que je dise ? — Dis.*
— *Tu as un autre amant ? — Non.*
— *Tu veux que je le sois ? — Oui.* »

— Ah ! je savais bien que vous ne devineriez pas ! Ce n'était pas possible à trouver.

— Mais qu'y a-t-il enfin ?

— Je suis *mozita* (1). »

---

(1) *Mozita* est un mot plus familier que *Virgen*, et que les jeunes filles emploient librement pour exprimer qu'elles sont restées pures. Le mot français qui traduit la même nuance [1] est aujourd'hui déconsidéré.

1. Littré donne en effet *pucelle* comme un mot familier.

VI

Elle avait dit ces mots avec un tel aplomb que je m'arrêtai, perdant contenance pour elle.

Qu'y avait-il dans cette petite tête d'enfant provocante et rebelle ? Que signifiait cette attitude décidée, cet œil franc et peut-être honnête, cette bouche sensuelle qui se disait intraitable comme pour tenter les hardiesses ?

Je ne sus que penser, mais je compris parfaitement qu'elle me plaisait beaucoup, que j'étais enchanté de l'avoir retrouvée et que sans doute j'allais rechercher toutes les occasions de la regarder vivre.

Nous étions arrivés à la porte de sa maison, où une marchande de fruits déballait ses corbeilles.

« Achetez-moi des mandarines, me dit-elle. Je vous les offrirai là-haut. »

Nous montâmes. La maison était inquiétante. Une carte de femme sans profession était clouée à la première porte. Au-dessus, une fleuriste. A côté, un appartement clos d'où s'échappait un bruit de rires. Je me demandais si cette petite fille ne me menait pas tout simplement au plus banal des rendez-vous. Mais, en somme, l'entourage ne prouvait rien ; les cigarières indigentes ne choisissent pas leur domicile et je n'aime pas à juger les gens d'après la plaque de leur rue.

Au dernier étage, elle s'arrêta sur le palier bordé d'une balustrade de bois et donna trois petits coups de poing dans une porte brune qui s'ouvrit avec effort.

« Maman, laisse entrer, dit l'enfant, c'est un ami. »

La mère, une femme flétrie et noire, qui avait encore des souvenirs de beauté, me toisa sans grande confiance. Mais à la façon dont sa fille poussa la porte et m'invita sur ses pas, il m'apparut qu'une seule personne était maîtresse dans ce taudis et que la reine-mère avait abdiqué la régence[1].

— Regarde, maman : douze mandarines ; et regarde encore : un napoléon.

— Jésus ! dit la vieille en croisant les mains. Et comment as-tu gagné tout cela ? »

J'expliquai rapidement notre double rencontre, en wagon et à la Fabrique, et j'amenai la conversation sur le terrain des confidences.

Elles furent interminables.

La femme était ou se disait veuve d'un ingénieur mort à Huelva[2]. Revenue sans pension, sans ressources, elle avait mangé en quatre ans d'une existence pourtant modeste, les économies du mari. Enfin une histoire, réelle ou fausse, que j'avais entendue vingt fois et qui se terminait par un cri de misère.

« Que faire ? Moi, je n'ai pas de métier, je ne sais que m'occuper du ménage et prier la Sainte-Mère de Dieu. On m'a proposé une place de concierge, mais je suis trop fière pour être servante. Je passe mes journées à l'église. J'aime mieux baiser les dalles du chœur que de balayer celles de la porte, et j'attends que Notre-Seigneur me soutienne au dernier moment. Deux femmes seules sont si exposées ! Ah ! Caballero, les tentations ne manquent pas à qui les écoute ! Nous serions riches, ma fille et moi,

---

1. Autre effet de réel : la formule que Louÿs prête à don Mateo trouve une résonance historique au moment où paraît le roman puisque Marie-Christine de Habsbourg-Lorraine assure la régence pendant la minorité de son fils Alphonse XIII. **2.** Port du sud-ouest de l'Andalousie : son importance vient des mines de cuivre de l'arrière-pays.

si nous avions suivi les mauvais chemins. Nous aurions mules et colliers ! Mais le péché n'a jamais passé la nuit ici. Notre âme est âme plus droite que le doigt de saint Jean [1] et nous gardons confiance en Dieu qui connaît les siens entre mille. »

Conchita, pendant ce discours, avait achevé, devant une glace clouée au mur, un travail de pastelliste avec deux doigts et de la poudre sur tout son petit visage trop brun. Elle se retourna, éclairée par un sourire de satisfaction et il me sembla que sa bouche en était transfigurée.

« Ah ! reprit la mère, quel souci pour moi, quand je la vois partir le matin pour la Fabrique ! Quels mauvais exemples on lui donne ! quels vilains mots on lui apprend ! Ces filles n'ont pas de carmin dans les joues, caballero. On ne sait jamais d'où elles viennent quand elles entrent là le matin, et si ma fille les écoutait, il y a longtemps que je ne la verrais plus.

— Pourquoi la faites-vous travailler là ?

— Ailleurs, ce serait la même chose. Vous savez bien ce que c'est, Monsieur : quand deux ouvrières sont douze heures ensemble, elles parlent de ce qu'il ne faut pas pendant onze heures trois quarts et le reste du temps elles se taisent.

— Si elles ne font que parler, il n'y a pas grand mal.

— Qui donne le menu, donne la faim. Allez ! ce qui perd les jeunes filles, ce sont les conseils des femmes plus que les yeux des hommes. Je ne me fie pas à la plus sage. Telle qui a le rosaire [2] en main porte le diable dans sa jupe. Ni jeune ni vieille, jamais d'amie : c'est ce que je voudrais pour ma fille. Et là-bas, elle en a cinq mille.

— Eh bien, qu'elle n'y retourne plus », interrompis-je.

---

1. Allusion probable à la prédication de saint Jean Baptiste, représenté l'index dressé.   **2.** Ce grand chapelet est précisément dédié à la Vierge... Mais au chapitre VIII, Concha baisera son scapulaire juste après avoir embrassé Mateo.

Je sortis de ma poche deux billets et je les posai sur une table.

Exclamations. Mains jointes. Larmes. Je passe sur ce que vous devinez. Mais quand les cris eurent cessé, la mère m'avoua en secouant la tête qu'il faudrait bien néanmoins que l'enfant reprît son travail, car la somme était due, et au-delà, au logeur, à l'épicier, au pharmacien, à la fripière. Bref, je doublai mon offrande et pris congé sur-le-champ, mettant une pudeur et un calcul également naturels à me taire ce jour-là sur mes sentiments.

*
* *

Le lendemain, je ne le nie pas, il était dix heures à peine quand je frappai à la porte.

« Maman est sortie, me dit Concha. Elle fait son marché. Entrez, mon ami. »

Elle me regarda, puis se mit à rire.

« Eh bien ! Je me tiens sage devant maman. Qu'en dites-vous ?

— En effet.

— Ne croyez pas au moins que ce soit par éducation. Je me suis élevée toute seule ; c'est heureux, car ma pauvre mère en aurait été bien incapable. Je suis honnête et elle s'en vante ; mais je m'accouderais à la fenêtre en appelant les passants, que maman me contemplerait en disant : *¡ Qué gracia* [1] *!* Je fais exactement ce qui me plaît du matin au soir. Aussi j'ai du mérite à ne pas faire tout ce qui me passe par la tête, car ce n'est pas elle qui me retiendrait malgré les phrases qu'elle vous a dites.

— Alors, jeune personne, le jour où un novio sera candidat, c'est à vous qu'il devra parler ?

— C'est à moi. En connaissez-vous ?

— Non. »

---

1. *Quel charme, quelle allure !*

J'étais devant elle, dans un fauteuil de bois dont le bras gauche était cassé. Je me vois encore, le dos à la fenêtre, près d'un rayon de soleil qui zébrait le plancher...

Soudain, elle s'assit sur mes genoux, mit ses deux mains à mes épaules et me dit :
« C'est vrai ? »

Je ne répondis plus.
Instinctivement, j'avais refermé mes bras sur elle et d'une main j'attirais à moi sa chère tête devenue sérieuse ; mais elle devança mon geste et posa vivement elle-même sa bouche brûlante sur la mienne en me regardant profondément.

Primesautière, incompréhensible [1] : telle je l'ai toujours connue. La brusquerie de sa tendresse m'affola comme un breuvage. Je la serrai de plus près encore. Sa taille cédait à mon bras. Je sentais peser sur moi la chaleur et la forme ronde de ses jambes à travers la jupe.

Elle se leva.
« Non, dit-elle. Non. Non. Allez-vous-en.
— Oui, mais avec toi. Viens.
— Que je vous suive ? et où cela ? chez vous ? Mon ami, vous n'y comptez pas. »
Je la repris dans mes bras, mais elle se dégagea.
« Ne me touchez pas, ou j'appelle ; et alors nous ne nous reverrons plus.
— Concha, Conchita, ma petite, es-tu folle ? Comment, je viens chez toi en ami, je te parle comme à une étrangère ; tout à coup tu te jettes dans mes bras, et maintenant c'est moi que tu accuses ?
— Je vous ai embrassé parce que je vous aime

---

1. M. de Renoncour, à qui Des Grieux raconte son histoire, évoque lui aussi au sujet de Manon « le caractère incompréhensible des femmes », et l'adjectif revient sous la plume de Casanova.

bien ; mais vous, vous ne m'embrasserez pas sans m'aimer.

— Et tu crois que je ne t'aime point, enfant ?

— Non, je vous plais, je vous amuse ; mais je ne suis pas la seule, n'est-ce pas, caballero ? Les cheveux noirs poussent sur bien des filles, et bien des yeux passent dans les rues. Il n'en manque pas, à la Fabrique, d'aussi jolies que moi, et qui se le laissent dire. Faites ce que vous voudrez avec elles, je vous donnerai des noms si vous en demandez. Mais moi, c'est moi, et il n'y a qu'une moi de San-Roque à Triana[1]. Aussi, je ne veux pas qu'on m'achète comme une poupée au bazar, parce que, moi enlevée, on ne me retrouverait plus. »

Des pas montaient l'escalier. Elle se retourna vers la porte et ouvrit à sa mère.

« Monsieur est venu pour prendre de tes nouvelles, dit l'enfant. Il t'avait trouvé mauvaise mine et te croyait malade. »

... Je sortis une heure après, très nerveux, très agacé, et doutant à part moi si je reviendrais jamais.

Hélas[2] ! je revins ; non pas une fois, mais trente. J'étais amoureux comme un jeune homme. Vous avez connu ces folies. Que dis-je ! vous les éprouvez à l'heure même où je vous parle, et vous me comprenez. Chaque fois que je quittais sa chambre, je me disais : « Vingt-deux heures, ou vingt heures jusqu'à demain », et ces douze cents minutes ne finissaient pas de couler.

Peu à peu, j'en vins à passer la journée entière en famille. Je subvenais aux dépenses et même aux dettes, qui devaient être considérables, si j'en juge par ce qu'elles me coûtèrent. Ceci était plutôt une recomman-

---

1. C'est-à-dire de l'est à l'ouest de Séville.　2. Ce regret, qui relève du présent du récit et non du passé de l'histoire, reviendra plusieurs fois dans la bouche de don Mateo. On songe encore à *Manon Lescaut* : « J'avais marqué le temps de mon départ d'Amiens. Hélas ! que ne le marquais-je un jour plus tôt ! »

dation et d'ailleurs aucun bruit ne courait dans le quartier. Je me persuadai facilement que j'étais le premier ami de ces pauvres femmes solitaires.

Sans doute, je n'avais pas eu grand-peine à devenir leur familier ; mais un homme s'étonne-t-il jamais des facilités qu'il obtient ? Un soupçon de plus aurait pu me mettre en garde, auquel je ne m'arrêtai point : je veux dire l'absence de mystères et de contrainte à mon égard. Il n'y avait jamais d'instant où je ne pusse entrer dans leur chambre. Concha, toujours affectueuse, mais toujours réservée, ne faisait aucune difficulté pour me rendre témoin même de sa toilette. Souvent, je la trouvais couchée le matin, car elle se levait tard depuis qu'elle était oisive. Sa mère sortait, et elle, ramenant ses jambes dans le lit, m'invitait à m'asseoir près de ses genoux réunis.

Nous causions. Elle était impénétrable.

J'ai vu à Tanger des Mauresques en costume, qui entre leurs deux voiles ne laissaient nus que leurs yeux, mais par là, je voyais jusqu'au fond de leur âme. Celle-ci ne cachait rien, ni sa vie ni ses formes, et je sentais un mur entre elle et moi.

Elle paraissait m'aimer. Peut-être m'aimait-elle. Aujourd'hui encore, je ne sais que penser. A toutes mes supplications, elle répondait par un « plus tard » que je ne pouvais pas briser. Je la menaçai de partir, elle me dit : allez-vous-en. Je la menaçai de violence, elle me dit : vous ne pourrez jamais. Je la comblai de cadeaux, elle les accepta, mais avec une reconnaissance toujours consciente de ses bornes.

Pourtant, quand j'entrais chez elle, une lumière naissait dans ses yeux, qui n'était point artificieuse.

Elle dormait neuf heures la nuit, et trois heures au milieu du jour. Ceci excepté, elle ne faisait rien. Quand elle se levait, c'était pour s'étendre en peignoir sur une natte fraîche, avec deux coussins sous la tête et un troisième sous les reins. Jamais je ne pus la décider à s'occuper de quoi que ce fût. Ni un travail d'aiguille, ni un jeu, ni un livre ne passèrent entre ses mains depuis le jour où, par ma faute[1], elle avait quitté la Fabrique. Même les soins du ménage ne l'intéressaient pas : sa mère faisait la chambre, les lits et la cuisine, et chaque matin passait une demi-heure à coiffer la chevelure pesante de ma petite amie encore mal éveillée.

Pendant toute une semaine, elle refusa de quitter son lit. Non pas qu'elle se crût souffrante, mais elle avait découvert que s'il était inutile de se promener sans raison dans les rues, il était encore plus vain de faire trois pas dans sa chambre et de quitter les draps pour la natte, où le costume de rigueur gênait sa nonchalance. Toutes nos Espagnoles sont ainsi : à qui les voit en public, le feu de leurs yeux, l'éclat de leur voix, la prestesse de leurs mouvements paraissent naître d'une source en perpétuelle éruption ; et pourtant, dès qu'elles se trouvent seules, leur vie coule dans un repos qui est leur grande volupté. Elles se couchent sur une chaise longue dans une pièce aux stores baissés ; elles rêvent aux bijoux qu'elles pourraient avoir, aux palais qu'elles devraient habiter, aux amants inconnus dont elles voudraient sentir le poids chéri sur leur poitrine. Et ainsi se passent les heures.

Par sa conception des devoirs journaliers, Concha était très Espagnole. Mais je ne sais de quel pays lui venait sa conception de l'amour[2] : après douze semaines de soins assidus, je retrouvais, dans son sourire, à la fois les mêmes promesses et les mêmes résistances.

*
* *

Un jour, enfin, hors d'état de souffrir plus longtemps

---

1. Et non *grâce à moi*, comme si don Mateo se sentait coupable d'avoir livré Concha à la paresse et de l'avoir dévoyée.   **2.** Dans tout ce chapitre où don Mateo multiplie les remarques qui relèvent du présent de son récit, c'est l'absence d'explication qui prévaut. Tout à l'heure Concha était *incompréhensible*. Ici, il *ne sait* d'où venait sa conception de l'amour.

cette perpétuelle attente et cette préoccupation de toutes les minutes, qui troublait ma vie au point de la rendre inutile et vide depuis trois mois vécus ainsi, je pris à part la vieille femme en l'absence de son enfant et je lui parlai à cœur ouvert, de la façon la plus pressante.

Je lui dis que j'aimais sa fille, que j'avais l'intention d'unir ma vie à la sienne, que, pour des raisons faciles à entendre, je ne pouvais accepter aucun lien avoué, mais que j'étais résolu à lui faire partager un amour exclusif et profond dont elle ne pouvait prendre offense.

« J'ai des raisons de croire, dis-je en terminant, que Conchita m'aimerait, mais se défie de moi. Si elle ne m'aime point, je n'entends pas la contraindre ; mais si mon malheur est de la laisser dans le doute, persuadez-la. »

J'ajoutai qu'en retour, j'assurerais non seulement sa vie présente, mais sa fortune personnelle à l'avenir. Et, pour ne laisser aucun doute sur la sincérité de mes engagements, je remis à la vieille une très forte liasse, en la chargeant d'user de son expérience maternelle pour assurer l'enfant qu'elle ne serait point trompée.

Plus ému que jamais, je rentrai chez moi. Cette nuit-là, je ne pus me coucher. Pendant des heures je marchai à travers le patio de ma maison, par une nuit admirable et déjà fraîche, mais qui ne suffisait pas à me calmer. Je formais des projets sans fin, en vue d'une solution que je voulais prévoir bienheureuse. Au lever du soleil, je fis couper toutes les fleurs de trois massifs et je les répandis dans l'allée, sur l'escalier, sur le perron pour faire à ses pas jusqu'à moi une avenue de pourpre et de safran [1]. Je l'imaginais partout, debout contre un arbre, assise sur un banc, couchée sur la pelouse, accoudée derrière les balustres ou levant les bras dans le soleil jusqu'à une branche chargée de fruits. L'âme du jardin et de la maison avait pris la forme de son corps.

---

1. Mêmes préparatifs chez Loti lorsque le narrateur, après avoir congédié Aziyadé, lui demande de revenir : « Quand Aziyadé rentra le soir, du seuil de la porte à l'entrée de notre chambre, elle trouva un tapis de fleurs » (*Aziyadé*, 3, XLVIII).

Et voici qu'après toute une nuit d'attente insupportable et après une matinée qui semblait ne devoir plus finir, je reçus vers onze heures, par la poste, une lettre de quelques lignes. Croyez-le sans peine, je la sais encore par cœur.

Elle disait ceci :

« Si vous m'aviez aimée, vous m'auriez attendue. Je voulais me donner à vous ; vous avez demandé qu'on me vendît. Jamais plus vous ne me reverrez.

» CONCHITA. »

Deux minutes après, j'étais à cheval, et midi n'avait pas sonné quand j'arrivai à Séville, presque étourdi de chaleur et d'angoisse.

Je montai rapidement, je frappai vingt fois.

Le silence.

Enfin une porte s'ouvrit derrière moi, sur le même palier, et une voisine m'expliqua longuement que les deux femmes étaient parties le matin dans la direction de la gare, avec leurs paquets, et qu'on ne savait même pas quel train elles avaient pris.

« Elles étaient seules ? demandai-je.

— Toutes seules.

— Pas d'hommes avec elles ? Vous êtes sûre ?

— Jésus ! Je n'ai jamais vu d'autre homme que vous en leur compagnie.

— Elles n'ont rien laissé pour moi ?

— Rien ; elles sont brouillées avec vous, si je les crois.

— Mais reviendront-elles ?

— Dieu le sait. Elles ne me l'ont pas dit.

— Il faudra bien qu'elles reviennent pour chercher leurs meubles.

— Non. La maison est meublée. tout ce qui leur appartenait, elles l'ont pris. Et maintenant, seigneur, elles sont loin. »

VII

QUI SE TERMINE EN CUL-DE-LAMPE [1]
PAR UNE CHEVELURE NOIRE

L'automne passa. L'hiver s'écoula tout entier ; mais mon souvenir ne s'effaçait point d'un détail et je sais peu d'époques aussi désastreuses dans ma vie, peu de mois aussi vides que ceux-là.

J'avais cru recommencer une existence nouvelle, j'avais cru fixer pour longtemps, peut-être pour toujours mon intimité amoureuse et tout croulait avant les noces. Je ne gardais même pas dans la mémoire une heure d'union véritable avec cette petite ; non, pas un lien, pas une chose accomplie, rien qui pût me consoler même par la vaine pensée que, si je ne l'avais plus, du moins je l'avais eue et qu'on ne m'ôterait pas cela...

Et je l'aimais ! Oh ! que je l'aimais, mon Dieu ! J'en étais venu à croire qu'elle avait raison contre moi et que je m'étais conduit en rustre avec cette vierge de légendes. Si je la revois jamais, me disais-je, si j'ai cette grâce du Ciel, je resterai à ses pieds, jusqu'à ce qu'elle me fasse signe, dussé-je attendre des années. Je ne la brusquerai point : je comprends ce qu'elle éprouve. Elle se sait d'une condition où l'on prend ses pareilles comme maîtresses au mois, et elle ne veut pas d'un traitement inférieur à son caractère. Elle veut

---

1. Vignette gravée qui marque la fin d'un chapitre, par analogie avec le dessous d'une lampe d'église.

m'éprouver, être sûre de moi, et si elle se donne, ne pas se prêter. Soit ; je serai selon son désir. Mais la reverrai-je ? Et aussitôt, je me reprenais à ma détresse.

Je la revis.

Ce fut un soir, au printemps. J'avais passé quelques heures au théâtre del Duque, où le parfait Orejón jouait plusieurs rôles, et en sortant de là, par le silence de la nuit, je m'étais longtemps promené dans la Alameda spacieuse et déserte [1].

Je revenais seul, en fumant, par la calle Trajano, quand je m'entendis doucement appeler par mon nom, et un tremblement me saisit, car j'avais reconnu la voix.

« Don Mateo ! »

Je me retournai : il n'y avait personne. Pourtant, je ne rêvais pas encore...

« Concha ! criai-je. Concha ! où es-tu ?

— ¡ *Chito* [2] ! voulez-vous bien vous taire. Vous allez réveiller maman. »

Elle me parlait du haut d'une fenêtre grillée, dont la pierre était à peu près à la hauteur de mes épaules. Et je la vis, en costume de nuit, les deux bras drapés par les coins d'un châle puce [3], accoudée sur le marbre, derrière les barres de fer.

« Eh bien ! mon ami, c'est ainsi que vous m'avez traitée », continua-t-elle à voix basse.

Mais j'étais bien incapable de me défendre...

« Penche-toi, lui dis-je. Encore un peu, mon cœur. Je ne vois pas dans cette ombre. Plus à gauche, où éclaire la lune. »

Elle y consentit en silence, et je la regardai, avec

---

1. L'Alameda de Hércules est une large promenade dans un quartier qui abrite de nombreux couvents et églises.   **2.** *Chut !*
3. C'est-à-dire brun-rouge.

une ivresse absolue, pendant un temps que je ne puis
mesurer.

Je lui dis encore :
« Donne-moi ta main. »
Elle me la tendit à travers les barreaux, et sur les
doigts, et dans la paume et le long du bras nu et chaud,
je fis traîner mes lèvres... J'étais fou. Je n'y croyais
pas. C'était sa peau, sa chair, son odeur ; c'était elle
tout entière que je tenais là sous mon baiser, après
combien de nuits d'insomnie !
Je lui dis encore :
« Donne-moi ta bouche. »
Mais elle secoua la tête et retira sa main.
« Plus tard. »
Oh ! ce mot ! que de fois je l'avais entendu déjà, et
il revenait, dès la première rencontre, comme une barrière entre nous !
Je la pressai de questions. Qu'avait-elle fait ? Pourquoi ce départ précipité ? Si elle m'avait parlé, j'aurais
obéi. Mais partir ainsi, après une simple lettre et si
cruellement !
Elle me répondit :
« C'est de votre faute. »
J'en convins. Que n'aurais-je pas avoué ! Et je me
taisais.
Pourtant je voulais savoir. Qu'était-elle devenue
depuis de si longs mois ? D'où venait-elle ? Depuis
quand était-elle dans cette maison grillée ?

« Nous sommes allées d'abord à Madrid, puis à
Carabanchel [1] où nous avons des parents. De là, nous
sommes revenues ici, et me voilà.
— Vous habitez toute la maison ?
— Oui. Elle n'est pas grande, mais c'est encore
beaucoup pour nous.
— Et comment avez-vous pu la louer ?

---

1. Alors banlieue de Madrid.

— Grâce à vous. Maman faisait des économies sur tout ce que vous lui donniez.

— Cela ne durera pas longtemps...

— Nous avons encore de quoi vivre ici honnête-ment pendant un mois.

— Et après ?

— Après ? Est-ce que vous croyez sérieusement, mon ami, que je serai embarrassée ? »

Je ne répondis rien, mais je l'aurais tuée de tout mon cœur.

Elle reprit :

« Vous ne m'entendez pas. Si je veux rester ici, je saurai comment faire ; mais qui vous dit que j'y tienne tant ? L'année dernière, j'ai couché pendant trois semaines sous le rempart de la Macarena [1]. Je demeu-rais là, par terre, presque au coin de la rue San-Luis, vous savez, à l'endroit où se tient le *sereno* [2] ; c'est un brave homme ; il n'aurait pas permis qu'on s'approchât de moi pendant mon sommeil, et il ne m'est jamais rien arrivé, que des aventures en paroles. Je puis retourner là demain, je connais ma touffe d'herbe ; on n'y est pas mal, croyez-moi. Dans le jour, je travaille-rai à la Fábrica ou ailleurs. Je sais vendre des bananes, sans doute ? Je sais tricoter un châle, tresser des pom-pons de jupe, composer un bouquet, danser le flamenco et la sevillana. Allez, don Mateo, je me tirerai d'af-faire ! »

Elle me parlait à voix basse et pourtant j'entendais sonner chacun de ses mots comme des paroles sinaïti-ques [3] dans la rue vide et pleine de lune. Je l'écoutais moins que je ne regardais bouger la double ligne de ses

---

1. La porte de la Macarena est prolongée sur près de 500 m par une partie de la muraille almohade qui fut construite au XIIe siècle. **2.** Le gardien.   **3.** Par référence au mont Sinaï où Moïse eut, au buisson ardent, la révélation du nom de Dieu qui le chargea de faire sortir d'Égypte les fils d'Israël (Ex 3).

lèvres. Sa voix tintait dans un murmure clair comme un carillon de cloches de couvents.

Toujours accoudée, la main droite plongée dans ses cheveux lourds, et la tête soutenue par les doigts, elle reprit avec un soupir :

« Mateo, je serai votre maîtresse après-demain. »

Je tremblais :

« Ce n'est pas sincère.

— Je vous le dis.

— Alors pourquoi si tard, ma vie ? Si tu consens, si tu m'aimes...

— Je vous ai toujours aimé.

— ... Pourquoi pas à l'heure où nous sommes ? Vois comme les barreaux sont écartés du mur. Entre eux et la fenêtre, je passerais...

— Vous y passerez dimanche soir. Aujourd'hui, je suis plus noire de péchés qu'une gitane ; je ne veux pas devenir femme dans cet état de damnation : mon enfant serait maudit, si je suis grosse de vous. Demain, je dirai à mon confesseur tout ce que j'ai fait depuis huit jours et même ce que je ferai dans vos bras pour qu'il m'en donne l'absolution d'avance : c'est plus sûr. Le dimanche matin, je communierai à la grand-messe et quand j'aurai dans mon sein le corps de Notre-Seigneur, je lui demanderai d'être heureuse le soir et aimée le reste de ma vie. Ainsi soit-il ! »

Oui, je le sais bien. C'est une religion très particulière ; mais nos femmes d'Espagne n'en connaissent pas d'autre. Elles croient fermement que le ciel a des indulgences inépuisables pour les amoureuses qui vont à la messe, et qu'au besoin il les favorise, garde leur lit, exalte leurs flancs, pourvu qu'elles n'oublient pas de lui conter leurs chers secrets. Si elles avaient raison, pourtant ! que de chastetés pleureraient, durant la vie éternelle, une vie terrestre insignifiante.

« Allons, reprit Concha, quittez-moi, Mateo. Vous voyez bien que ma chambre est vide. Ne soyez à cause de moi, ni impatient, ni jaloux. Vous me trouverez là, mon amant, dimanche soir, tard dans la nuit ; mais vous allez me promettre auparavant que jamais vous ne parlerez à ma mère, et qu'au matin vous me quitterez avant l'heure où elle s'éveille. Ce n'est pas que je craigne d'être vue : je suis maîtresse de moi, vous le savez ; aussi je n'ai besoin de ses conseils, ni pour vous, ni contre vous. C'est un serment juré ?

— Comme il te plaira.

— C'est bien, soyez lié par ceci. »

Et renversant la tête elle fit glisser entre les barreaux tous ses cheveux comme un ruisseau de parfums. Je les pris dans mes mains, je les pressai sur ma bouche, je me baignai le visage dans leur onde noire et chaude...

Puis ils s'échappèrent de mes doigts et elle ferma la fenêtre sonore.

VIII

OÙ LE LECTEUR COMMENCE À COMPRENDRE
QUI EST LE PANTIN DE CETTE HISTOIRE

Deux matins, deux jours et deux nuits interminables succédèrent. J'étais heureux, souffrant, inquiet. Je crois bien que sur les sentiments contradictoires qui m'agitaient en même temps, la joie, une joie trouble et presque douloureuse, dominait.

Je puis dire que pendant ces quarante-huit heures, je me représentai cent fois « ce qui allait arriver », la scène, les paroles et jusqu'aux silences. Malgré moi, je jouais en pensée le rôle imminent qui m'attendait. Je me voyais, et elle dans mes bras. Et de quart d'heure en quart d'heure, la scène identique repassait, avec tous ses longs détails, dans mon imagination épuisée.

L'heure vint. Je marchais dans la rue, n'osant m'arrêter sous ses fenêtres de peur de la compromettre, et pourtant agacé en songeant qu'elle me regardait derrière les vitres et me laissait attendre dans une agitation étouffante.

« Mateo ! »

Elle m'appelait enfin.

J'avais quinze ans, Monsieur, à cet instant de ma vie. Derrière moi, vingt années d'amour s'évanouissaient comme un seul rêve. J'eus l'illusion absolue que pour la première fois j'allais coller mes lèvres aux lèvres d'une femme et sentir un jeune corps chaud plier et peser sur mon bras.

M'élevant d'un pied sur une borne et de l'autre sur les barreaux recourbés, j'entrai chez elle comme un amoureux de théâtre [1], et je l'étreignis.

Elle était debout le long de moi-même, elle s'abandonnait et se raidissait à la fois. Nos deux têtes jointes par la bouche se penchaient ensemble sur l'épaule en haletant des narines et en fermant les yeux. Jamais je ne compris aussi bien, dans le vertige, l'égarement, l'inconscience où je me trouvais, tout ce qu'on exprime de véritable en parlant de « l'ivresse du baiser ». Je ne savais plus qui nous étions ni rien de ce qui avait eu lieu, ni ce qu'il adviendrait de nous. Le présent était si intense que l'avenir et le passé disparaissaient en lui. Elle remuait ses lèvres avec les miennes, elle brûlait dans mes bras, et je sentais son petit ventre, à travers la jupe, me presser d'une caresse impudique et fervente.

« Je me sens mal, murmura-t-elle. Je t'en supplie, attends... Je crois que je vais tomber... Viens dans le patio avec moi, je m'étendrai sur la natte fraîche... Attends... Je t'aime... mais je suis presque évanouie. »

Je me dirigeai vers une porte.
« Non, pas celle-là. C'est la chambre de maman. Viens par ici. Je te guiderai. »

Un carré de ciel étoilé, où s'effilaient des nuées bleuâtres, dominait le patio blanc. Tout un étage brillait, éclairé par la lune, et le reste de la cour reposait dans une ombre confidentielle.

Concha s'étendit à l'orientale sur une natte. Je m'assis auprès d'elle et elle prit ma main.
« Mon ami, me dit-elle, m'aimerez-vous ?

---

1. Dans cette comédie réglée par Concha, elle-même sera tout à l'heure une *apparition de théâtre*.

— Tu le demandes !

— Combien de temps m'aimerez-vous ? »

Je redoute ces questions que posent toutes les femmes et auxquelles on ne peut répondre que par les pires banalités.

« Et quand je serai moins jolie, m'aimerez-vous encore ?... Et quand je serai vieille, tout à fait vieille, m'aimerez-vous encore ? Dis-le-moi, mon cœur. Quand même ce ne serait pas vrai, j'ai besoin que tu me le dises et que tu me donnes des forces. Tu vois, je t'ai promis pour ce soir, mais je ne sais pas du tout si j'en aurai le courage... Je ne sais même pas si tu le mérites. Ah ! sainte mère de Dieu ! si je me trompais sur toi, il me semble que toute ma vie en serait perdue. Je ne suis pas de ces filles qui vont chez Juan et chez Miguel et de là chez Antonio. Après toi je n'en aimerai plus d'autre, et si tu me quittes je serai comme morte. »

Elle se mordit la lèvre avec une plainte oppressée, en fixant les yeux dans le vide, mais le mouvement de sa bouche s'acheva en sourire.

« J'ai grandi, depuis six mois. Déjà je ne peux plus agrafer mes corsages de l'été dernier. Ouvre celui-ci, tu verras comme je suis belle. »

Si je le lui avais demandé, elle ne l'eût sans doute pas permis, car je commençais à douter que cette nuit d'entretiens s'achevât jamais en nuit d'amour ; mais je ne la touchais plus : elle se rapprocha.

Hélas ! les seins que je mis à nu, en ouvrant ce corsage gonflé, étaient des fruits de Terre Promise[1]. Qu'il en soit d'aussi beaux, c'est ce que je ne sais point. Eux-mêmes je ne les vis jamais comparables à leur forme de ce soir-là. Les seins sont des êtres vivants qui

---

1. L'expression n'est pas indifférente. D'abord, parce que, après les « paroles sinaïtiques » du chapitre précédent, elle file la référence à Moïse, mais surtout parce que cette Terre promise, décrite par Yahvé comme « un pays ruisselant de lait et de miel », Moïse la vit, mais n'y entra pas puisqu'il mourut sur le mont Nébo (Dt 32, 49-52). Et l'on fait souvent référence à ce passage pour parler, justement, de ceux qui meurent avant d'avoir obtenu ce qu'ils convoitaient.

ont leur enfance et leur déclin. Je crois fermement que j'ai vu ceux-ci pendant leur éclair de perfection.

Elle, cependant, avait tiré du milieu d'eux un scapulaire[1] de drap neuf et elle le baisait pieusement, en surveillant mon émotion du coin de l'œil à demi fermé.

« Alors je vous plais ? »
Je la repris dans mes bras.
« Non, tout à l'heure.
— Qu'y a-t-il encore ?
— Je ne suis pas disposée, voilà tout. »

Et elle referma son corsage.
Vraiment je souffrais. Maintenant je la suppliais presque avec brusquerie, en luttant contre ses mains qui redevenaient protectrices. Je l'aurais chérie et malmenée à la fois. Son obstination à me séduire et à me repousser, ce manège qui durait depuis un an déjà et redoublait à la suprême minute où j'en attendais le dénouement, arrivait à exaspérer ma tendresse la plus patiente.

« Ma petite, lui dis-je, tu joues de moi, mais prends garde que je ne me lasse.
— C'est ainsi ? Eh bien, je ne vous aimerai même pas aujourd'hui, don Mateo. A demain.
— Je ne reviendrai plus.
— Vous reviendrez demain. »
Furieux, je remis mon chapeau et sortis, déterminé à ne plus la revoir.

Je tins ma résolution jusqu'à l'heure où je m'endormis, mais mon réveil fut lamentable.
Et quelle journée, je m'en souviens !
Malgré mon serment intérieur, je pris la route de Séville. J'étais attiré vers elle par une invincible puis-

---

1. Objet de piété composé de deux petits morceaux d'étoffe liés par deux rubans que l'on noue autour du cou.

sance [1] ; je crus que ma volonté avait cessé d'être ; je ne pouvais plus décider de la direction de mes pas.

Pendant trois heures de fièvre et de lutte avec moi-même, j'errai dans la calle Amor de Dios, derrière la rue où demeurait Concha, toujours sur le point de parcourir les vingt pas qui me séparaient d'elle... Enfin je l'emportai, je partis presque en courant dans la campagne et je ne frappai point à la fenêtre adorée, mais quel misérable triomphe !

Le lendemain, elle était chez moi.

« Puisque vous n'avez pas voulu venir, c'est moi qui viens à vous, me dit-elle. Direz-vous encore que je ne vous aime point ? »

Monsieur, je me serais jeté à ses pieds.

« Vite, montrez-moi votre chambre, ajouta-t-elle. Je ne veux pas que vous m'accusiez de nonchalance, aujourd'hui. Croyez-vous que je ne sois pas impatiente, moi aussi ? Vous seriez bien surpris si vous saviez ce que je pense. »

Mais dès qu'elle fut entrée, elle se reprit :

« Non, au fait, pas celle-ci. Il y a eu trop de femmes dans ce vilain lit. Ce n'est pas la chambre qu'il faut à une *mozita*. Prenons-en une autre, une chambre d'amis, qui ne soit à personne. Voulez-vous ? »

C'était encore une heure d'attente. Il fallait ouvrir les fenêtres, mettre des draps, balayer...

Enfin tout fut prêt, et nous montâmes.

Dire que j'étais cette fois assuré de réussir, je ne l'oserais : mais enfin, j'avais des espérances. Chez moi, seule, sans protection contre mon sentiment si connu d'elle, il me semblait improbable qu'elle se fût risquée avant d'avoir fait en pensée le sacrifice qu'elle prétendait m'offrir...

Dès que nous fûmes seuls, elle défit sa mantille, qui

---

1. Casanova : « Je sentais que l'ascendant qu'elle exerçait sur moi était invincible. »

était attachée avec quatorze épingles à ses cheveux et à son corsage, puis, très simplement, elle se déshabilla. J'avoue qu'au lieu de l'aider, je retardais plutôt ce long travail, et que vingt fois je l'interrompis pour poser mes lèvres sur ses bras nus, ses épaules rondes, ses seins fermes, sa nuque brune. Je regardais son corps apparaître de place en place, aux limites du linge, et je me persuadais que cette jeune peau allait enfin se livrer.

« Eh bien ! ai-je tenu ma promesse ? dit-elle, en serrant sa chemise à sa taille, comme pour mouler son corps souple. Fermez les jalousies, il fait une lumière odieuse dans cette chambre. »

J'obéis, et pendant ce temps elle se coucha silencieusement dans le lit profond. Je la voyais à travers la moustiquaire blanche comme une apparition de théâtre derrière un rideau de gaze...

Que vous dirai-je, Monsieur ? Vous avez deviné que cette fois encore je fus ridicule et joué. Je vous ai dit que cette fille était la pire des femmes et que ses inventions cruelles dépassaient toutes les bornes ; mais jusqu'ici vous ne la connaissez pas encore. C'est maintenant seulement qu'en suivant mon récit, vous allez, de scène en scène, savoir qui est Concha Perez.

Ainsi, elle était venue chez moi, pour s'abandonner, disait-elle. Ses paroles d'amour et ses engagements, vous les avez entendus. Jusqu'au dernier moment, elle se tint en amoureuse vierge qui va connaître la joie, presque en jeune mariée qui se livre à un époux ; jeune mariée sans ignorances, je le veux bien, mais pourtant émue et grave.

Eh bien, en s'habillant chez elle, cette petite misérable s'était accoutrée d'un caleçon, taillé dans une sorte de toile à voile si raide et si forte, qu'une corne de taureau ne l'aurait pas fendue, et qui se serrait à la ceinture ainsi qu'au milieu des cuisses par des lacets

d'une résistance et d'une complication inattaquables[1].
Et voilà ce que je découvris au milieu de mon ardeur
la plus éperdue, tandis que la scélérate m'expliquait
sans se troubler :

« Je serai folle jusqu'où Dieu voudra, mais pas jusqu'où le voudront les hommes ! »

Je doutai un instant si je l'étranglerais[2], puis — vraiment, je vous l'avoue, je n'en ai pas de honte — mon
visage en larmes tomba dans mes mains.

Ce que je pleurais, Monsieur, c'était ma jeunesse à
moi, dont cette enfant venait de me prouver l'irréparable effondrement. Entre vingt-deux et trente-cinq
ans, il est des avanies que tous les hommes évitent. Je
ne veux pas croire que Concha m'eût ainsi traité si
j'avais eu dix ans de moins. Ce caleçon, cette barrière
entre l'amour et moi, il me semblait que dorénavant je
le verrais à toutes les femmes, ou que du moins elles
voudraient l'avoir avant d'approcher de mon étreinte.

« Pars, lui dis-je, j'ai compris. »

Mais elle s'alarma tout à coup, et m'enveloppant à
son tour de deux petits bras vigoureux que je repous-
sais avec peine, elle me dit en cherchant ma bouche :

« Mon cœur, tu ne saurais donc aimer tout ce que je
te donne de moi-même ? Tu as mes seins, tu as mes
lèvres, mes jambes brûlantes, mes cheveux odorants,
tout mon corps dans tes embrassements et ma langue
dans mon baiser. Ce n'est donc pas assez tout cela ?
Alors ce n'est pas moi que tu aimes, mais seulement
ce que je te refuse ? Toutes les femmes peuvent te le
donner, pourquoi me le demandes-tu, à moi qui résis-
te ? Est-ce parce que tu me sais vierge ? Il y en a

---

1. Casanova : « D'abord elle m'accorda des caresses et des
faveurs préliminaires ; mais quand je voulus aller au but final, je
trouvai un obstacle auquel je ne m'attendais pas. »   **2.** Casanova : « Je me déterminai à la laisser quand, sentant ma main sur
sa gorge, je fus tenté de l'étrangler. »

d'autres, même à Séville. Je te le jure, Mateo, j'en connais. *Alma mia ! sangre mia*[1] *!* aime-moi comme je veux être aimée, peu à peu, et prends patience. Tu sais que je suis à toi, et que je me garde pour toi seul. Que veux-tu de plus, mon cœur ? »

Il fut convenu que nous nous verrions chez elle ou chez moi, et que tout serait fait selon sa volonté. En échange d'une promesse de ma part, elle consentit à ne plus remettre son affreuse cuirasse de toile ; mais ce fut tout ce que j'obtins d'elle ; et encore, la première nuit où elle ne la porta point, il me sembla que ma torture en était encore avivée.

Voici donc le degré de servitude où cette enfant m'avait amené. (Je passe sur les perpétuelles demandes d'argent qui interrompaient sa conversation et auxquelles je cédais toujours ; — même en laissant cela de côté, la nature de nos relations est d'un intérêt particulier.) Je tenais donc chaque nuit dans mes bras le corps nu d'une fille de quinze ans, sans doute élevée chez les Sœurs, mais d'une condition et d'une qualité d'âme qui excluaient toute idée de vertu corporelle — et cette fille, d'ailleurs aussi ardente et aussi passionnée qu'on pouvait le souhaiter, se comportait à mon égard comme si la nature elle-même l'avait empêchée à jamais d'assouvir ses convoitises.

D'excuse valable à une pareille comédie, aucune n'était donnée, aucune n'existait. Vous en devinerez vous-même la raison par la suite. Et moi, je supportais qu'on me bernât ainsi.

Car ne vous y trompez pas, jeune Français, lecteur de romans et acteur peut-être d'intrigues particulières avec les demi-virginités de villes d'eaux, nos Andalouses n'ont ni le goût, ni l'intuition de l'amour artificiel. Ce sont d'admirables amantes, mais qui ont des sens trop aigus pour supporter sans frénésie les trilles d'une chanterelle[2] superflue. Entre Concha et moi, il

---

1. *O mon âme ! O mon sang !*   2. Terme de chasse : oiseau que l'on met en cage et dont le chant fait venir d'autres oiseaux

ne se passait rien, mais rien, comprenez ce que veut dire rien. Et cela dura deux semaines entières.

Le quinzième jour, comme elle avait reçu de moi la veille une somme de mille douros[1] pour payer les dettes de sa mère, je trouvai la maison vide.

---

auxquels on a tendu des pièges ; le mot désigne en particulier la femelle de perdrix qu'on utilise pour attirer les mâles.
1. Monnaie qui vaut cinq pesetas.

IX

C'était trop.

Désormais, je voyais clair dans cette petite âme de rouée. J'avais été mystifié comme un collégien et j'en restais confus encore plus qu'affligé.

Rayant de ma vie passée la perfide enfant, je fis effort pour l'oublier du jour au lendemain, par un coup de volonté, une de ces intentions paradoxales, dont les femmes escomptent toujours le fatal avortement.

Je partis pour Madrid, décidé à me prendre pour maîtresse, au hasard, la première jeune femme qui attirerait mes yeux.

C'est le stratagème classique, celui que tout le monde invente et qui ne réussit jamais.

Je cherchai de salon en salon, puis de théâtre en théâtre, et je finis par rencontrer une danseuse italienne, grande fille aux jambes musclées qui aurait été fort jolie bête dans les boxes d'un harem, mais qui ne suffisait sans doute point aux qualités qu'on attend d'une amie unique et intime.

Elle fit de son mieux : elle était affectueuse et facile. Elle m'apprit des vices de Naples dont je n'avais nulle habitude et qui lui plaisaient plus qu'à moi. Je vis qu'elle s'ingéniait à me garder auprès d'elle, et que le souci de son existence matérielle n'était pas le seul motif de ce zèle tendre et ardent.

Hélas ! que n'ai-je pu l'aimer ! Je n'avais aucun reproche à lui faire. Elle n'était ni infidèle ni importune. Elle ne paraissait pas connaître mes défauts. Elle ne me brouillait pas avec mes amis. Enfin, ses jalousies, toutes fréquentes qu'elles fussent, se laissaient deviner et ne s'exprimaient point. C'était une femme inappréciable.

Mais je n'éprouvais rien pour elle.

Pendant deux mois je m'astreignis à vivre sous le même toit que Giulia, dans son air, dans sa chambre de la maison que j'avais louée pour nous deux au bout de la rue Lope de Vega[1]. Elle entrait, passait, marchait devant moi, je ne la suivais pas des yeux. Ses jupons, ses maillots de danseuse, ses pantalons et ses chemises traînaient sur tous les divans : je n'étais même pas atteint par leur influence. Pendant soixante nuits, je vis son corps brun allongé près du mien dans une couche trop chaude, où j'imaginais une autre présence dès que la lumière s'éteignait... Puis je me sauvai, désespérant de moi-même.

Je revins à Séville. Ma maison me parut mortuaire. Je partis pour Grenade, où je m'ennuyai ; pour Cordoue, torride et déserte ; pour l'éclatante Jérez, toute pleine de l'odeur de ses celliers à vins ; pour Cadix, oasis de maisons dans la mer.

Le long de ce trajet, Monsieur, j'étais guidé de ville en ville, non pas par ma fantaisie, mais par une fascination irrésistible et lointaine dont je ne doute pas plus que de l'existence de Dieu. Quatre fois, dans la vaste Espagne, j'ai rencontré Concha Perez. Ce n'est pas une suite de hasards : je ne crois pas à ces coups de dés qui régiraient des destinées[2]. Il fallait que cette femme

---

1. L'écrivain (1562-1635) est entre autres l'auteur d'une comédie intitulée *L'Étoile de Séville*, que Supervielle a traduite en français.　**2.** Par cette phrase de Mateo, Louÿs déjoue le reproche d'invraisemblance que le lecteur pourrait lui adresser. Les hasards sont bien ceux de l'histoire, et non pas du récit : Mateo est le pantin de Concha, et non pas le jouet du destin.

« *Ce fut à Cadiz. J'entrai un soir dans le* Baile *de là-bas. Elle y était.* »

me reprît sous sa main et que je visse passer sur ma
vie tout ce que vous allez entendre.

Et en effet tout s'accomplit.

*
* *

Ce fut à Cadix.

J'entrai un soir dans le *Baile*[1] de là-bas. Elle y était.
Elle dansait, Monsieur, devant trente pêcheurs, autant
de matelots et quelques étrangers stupides.

Dès que je la vis, je me mis à trembler. Je devais
être pâle comme la terre ; je n'avais plus ni souffle, ni
force. Le premier banc, près de la porte, fut celui où je
m'assis, et, les coudes sur la table, je la contemplais
de loin comme une ressuscitée.

Elle dansait toujours, haletante, échauffée, la face
pourpre et les seins fous, en secouant à chaque main
des castagnettes assourdissantes. Je suis certain qu'elle
m'avait vu, mais elle ne me regardait pas. Elle achevait
son boléro dans un mouvement de passion furieuse, et
les provocations de sa jambe et de son torse visaient
quelqu'un au hasard dans la foule des spectateurs.

Brusquement, elle s'arrêta, au milieu d'une grande
clameur.

« ¡ *Qué guapa !* criaient les hommes. ¡ *Olé ! Chi-
quilla ! Olé ! Olé ! Otra vez !*[2] »

Et les chapeaux volaient sur la scène ; toute la salle
était debout. Elle saluait, encore essoufflée, avec un
petit sourire de triomphe et de mépris.

Selon l'usage, elle descendit au milieu des buveurs
pour s'attabler en quelque endroit, pendant qu'une autre
danseuse lui succédait devant la rampe. Et, sachant qu'il
y avait là, dans un coin de la salle, un être qui l'adorait,

---

1. Salle de danse.   **2.** *Comme elle est belle ! Petite ! Encore
une fois !*

qui se serait mis sous ses pieds devant la terre entière et qui souffrait à crier, elle alla de table en table, et de bras en bras, sous ses yeux.

Tous la connaissaient par son nom. J'entendais des « Conchita ! » qui faisaient passer des frissons depuis mes orteils jusqu'à ma nuque. On lui donnait à boire ; on touchait ses bras nus ; elle mit dans ses cheveux une fleur rouge qu'un marin allemand lui donna ; elle tira la tresse de cheveux d'un banderillero [1] qui fit des pitreries ; elle feignit la volupté devant un jeune fat assis avec des femmes, et caressa la joue d'un homme que j'aurais tué.

Des gestes qu'elle fit pendant cette manœuvre atroce qui dura cinquante minutes, pas un seul n'est sorti de ma mémoire.

Ce sont des souvenirs comme ceux-là qui peuplent le passé d'une existence humaine.

Elle visita ma table après toutes les autres parce que j'étais au fond de la salle, mais elle y vint. Confuse ? ou jouant la surprise ? Oh ! nullement ; vous ne la connaissez pas. Elle s'assit en face de moi, frappa dans ses mains pour attirer le garçon et cria :

« Tonio ! une tasse de café ! »

Puis, avec une tranquillité exquise, elle supporta mon regard.

Je lui dis, d'une voix très basse :

« Tu n'as donc peur de rien, Concha ? Tu n'as pas peur de mourir ?

— Non ! et d'abord ce n'est pas vous qui me tuerez.

— Tu m'en défies ?

— Ici même, et où vous voudrez. Je vous connais, don Mateo, comme si je vous avais porté neuf mois. Vous ne toucherez jamais à un cheveu de ma tête, et vous avez raison, car je ne vous aime plus.

---

1. Homme qui plante les banderilles à la corrida.

— Tu oses dire que tu m'as aimé ?

— Croyez ce qu'il vous plaira. Vous êtes seul coupable. »

C'était elle qui me faisait des reproches. J'aurais dû m'attendre à cette comédie.

« Deux fois, repris-je, deux fois tu m'as fait cela ! Ce que je te donnais du fond de mon cœur, tu l'as reçu comme une voleuse, et tu es partie, sans un mot, sans une lettre, sans même avoir chargé personne de me porter ton adieu. Qu'ai-je fait pour que tu me traites ainsi ? »

Et je répétais entre mes dents :

« Misérable ! Misérable ! »

Mais elle avait son excuse :

« Ce que vous avez fait ? Vous m'avez trompée. N'aviez-vous pas juré que j'étais en sûreté dans vos bras et que vous me laisseriez choisir la nuit et l'heure de mon péché ? La dernière fois, ne vous souvenez-vous plus ? Vous croyiez que je dormais, vous croyiez que je ne sentais rien. J'étais éveillée, Mateo, et j'ai compris que si je passais encore une nuit à vos côtés, je ne m'endormirais pas sans me livrer à vous par surprise [1]. Et c'est pour cela que je me suis enfuie. »

C'était insensé. Je haussai les épaules.

« Ainsi, voilà ce que tu me reproches, lui dis-je, quand je vois ici la vie que tu mènes et les hommes qui passent dans ton lit ? »

Elle se leva, furieuse.

« Cela n'est pas vrai ! Je vous défends de dire cela, don Mateo ! Je vous jure sur la tombe de mon père que je suis vierge comme une enfant, — et aussi que je vous déteste, parce que vous en avez douté ! »

Je restai seul. Après quelques instants, je partis, moi aussi.

---

1. Chez Richardson, le libertin Lovelace abuse de Clarissa Harlowe juste après l'avoir endormie.

X

OÙ MATEO SE TROUVE ASSISTER
À UN SPECTACLE INATTENDU

Toute la nuit j'errai sur les remparts. L'intarissable
vent de la mer douchait ma fièvre et ma lâcheté. Oui,
je m'étais senti lâche devant cette femme. Je n'avais
que des rougissements en songeant à elle et à moi ; je
me disais en moi-même les pires outrages qu'on puisse
adresser à un homme. Et je devinais que le lendemain
je n'aurais pas cessé de les mériter.

Après ce qui s'était passé, je n'avais que trois partis
à prendre : la quitter, la forcer, ou la tuer.

Je pris le quatrième, qui était de la subir.

Chaque soir, je revenais à ma place, comme un
enfant soumis, la regarder et l'attendre.

Elle s'était peu à peu adoucie. Je veux dire qu'elle ne
m'en voulait plus de tout le mal qu'elle m'avait fait. Derrière la scène s'ouvrait une grande salle blanche où
attendaient, en somnolant, les mères et les sœurs des
danseuses ; Concha me permettait de me tenir là, par une
faveur particulière que chacune de ces jeunes filles pouvait accorder à son amant de cœur. Jolie société, vous le
voyez.

Les heures que j'ai passées là comptent parmi les
plus lamentables. Vous me connaissez : vraiment, je
n'avais jamais mené cette vie de bas cabaret et de
coudes sur la table. Je me faisais horreur.

La señora Perez était là, comme les autres. Elle semblait ne rien connaître de ce qui avait eu lieu Calle Trajano. Mentait-elle aussi ? Je ne m'en inquiétai même pas. J'écoutais ses confidences, je payais son eau-de-vie... Ne parlons plus de cela, voulez-vous ?

Mes seuls instants de joie m'étaient donnés par les quatre danses de Concha. Alors, je me tenais devant la porte ouverte par où elle entrait en scène et, pendant les rares mouvements où elle tournait le dos au public, j'avais l'illusion passagère qu'elle dansait de face pour moi seul.

Son triomphe était le *flamenco*. Quelle danse, Monsieur ! quelle tragédie ! C'est toute la passion en trois actes : désir, séduction, jouissance. Jamais œuvre dramatique n'exprima l'amour féminin avec l'intensité, la grâce et la furie de trois scènes l'une après l'autre. Concha y était incomparable. Comprenez-vous bien le drame qui s'y joue ? A qui ne l'a pas vu mille fois j'aurais encore à l'expliquer. On dit qu'il faut huit ans pour former une *flamenca*, ce qui veut dire qu'avec la précoce maturité de nos femmes, à l'âge où elles savent danser elles ne sont déjà plus belles. Mais Concha était née flamenca ; elle n'avait pas l'expérience, elle avait la divination. Vous savez comment on le danse à Séville. Nos meilleures *bailerinas* vous les connaissez ; aucune n'est parfaite, car cette danse épuisante (douze minutes ! trouvez donc une danseuse d'opéra qui accepte une variation de douze minutes !) voit se succéder en elle trois rôles que rien ne relie : l'amoureuse, l'ingénue et la tragédienne. Il faut avoir seize ans pour mimer la seconde partie, où maintenant Lola Sanchez réalise des merveilles de gestes sinueux et d'attitudes légères. Il faut avoir trente ans pour jouer la fin du drame, où la Rubia [1], malgré ses rides, est encore, chaque soir, excellente.

---

1. Une lettre du 18 juin 1910 adressée à Firmin Gémier, l'acteur qui jouait le rôle de Mateo dans l'adaptation théâtrale du roman due à Pierre Frondaie, mentionne le nom de ces deux danseuses que Louÿs avait vues.

Conchita est la seule femme que j'aie vue égale à elle-même pendant toute cette terrible tâche.

Je la vois toujours, avançant et reculant d'un petit pas balancé, regarder de côté sous sa manche levée, puis baisser lentement, avec un mouvement de torse et de hanches, son bras au-dessus duquel émergeaient deux yeux noirs. Je la vois délicate ou ardente, les yeux spirituels ou baignés de langueur, frappant du talon les planches de la scène, ou faisant crépiter ses doigts à l'extrémité du geste, comme pour donner le cri de la vie à chacun de ses bras onduleux.

Je la vois : elle sortait de scène dans un état d'excitation et de lassitude qui la faisait encore plus belle. Son visage empourpré était couvert de sueur, mais ses yeux brillants, ses lèvres tremblantes, sa jeune poitrine agitée, tout donnait à son buste une expression d'exubérance et de jeunesse vivace : elle était resplendissante.

Pendant un mois, il en fut ainsi de nos relations. Elle me tolérait dans l'arrière-boutique de son estrade théâtrale. Je n'avais pas même le droit de l'accompagner à sa porte, et je ne gardais ma place auprès d'elle qu'à la condition de ne lui faire aucun reproche, ni sur le passé, ni sur le présent. Quant à l'avenir, j'ignore ce qu'elle en pensait ; pour moi, je n'avais nulle idée d'une solution quelconque à cette aventure pitoyable.

Je savais vaguement qu'elle habitait avec sa mère — dans l'unique faubourg de la ville, près de la plaza de Toros, — une grande maison blanche et verte qui abritait aussi les familles de six autres *bailerinas*. Ce qui se passait dans une telle cité de femmes, je n'osais l'imaginer. Et pourtant, nos danseuses mènent une vie bien réglée : de huit heures du soir à cinq heures du matin elles sont en scène ; elles rentrent exténuées à l'aube, elles dorment souvent toutes seules, jusqu'au milieu de l'après-midi. Il n'y a guère que la fin du jour dont elles pourraient abuser ; encore la crainte d'une grossesse ruineuse retient-elle ces pauvres filles, qui

d'ailleurs ne se résoudraient pas tous les soirs à aug-
menter par d'autres fatigues les efforts d'une pénible
nuit.

Toutefois, je n'y songeais pas sans inquiétude. Deux
des amies de Concha, deux sœurs, avaient un frère plus
jeune qui vivait dans leur chambre ou dans celles des
voisines et excitait des jalousies dont je fus témoin plusieurs fois.

On l'appelait le *Morenito* (1). J'ai toujours ignoré
son vrai nom. Concha l'appelait à notre table, le nour-
rissait à mes frais et me prenait des cigarettes qu'elle
lui mettait entre les lèvres.

A tous mes mouvements d'impatience, elle répondait par des haussements d'épaule, ou par des phrases
glaciales qui me faisaient souffrir davantage.

« Le Morenito est à tout le monde. Si je prenais un
amant, il serait à moi comme ma bague, et tu le saurais,
Mateo. »

Je me taisais. D'ailleurs les bruits qui couraient sur
la vie privée de Concha la représentaient comme inat-
taquable, et j'avais trop le désir de la croire telle pour
ne pas accepter de confiance même des rumeurs sans
fondement. Aucun homme ne l'approchait avec le
regard si particulier de l'amant qui retrouve en public
sa femme de la nuit précédente. J'eus des querelles à
son propos, avec des prétendants que je gênais sans
doute, mais jamais avec personne qui se vantât de
l'avoir connue. Plusieurs fois, j'essayai de faire parler
ses amies. On me répondait toujours : « Elle est *mozita*.
Et elle a bien raison. »

De rapprochement avec moi, il n'était même pas
question. Elle ne demandait rien. Elle ne m'accordait
rien. Si joyeuse autrefois, elle était devenue grave et
ne parlait presque plus. Que pensait-elle ? Qu'atten-
dait-elle de moi ? C'eût été peine perdue que de lire

_____

(1) Le petit brun.

dans son regard. Je ne voyais pas plus clair dans cette petite âme que dans les yeux impénétrables d'un chat.

*
* *

Une nuit, sur un signe de la directrice, elle quitta la scène avec trois autres danseuses, et monta au premier étage, pour faire une sieste, me dit-elle. Elle avait souvent de ces absences d'une heure, dont je ne prenais pas ombrage, car toute menteuse et fausse qu'elle fût, je croyais ses moindres paroles.

« Quand nous avons bien dansé, m'expliquait-elle, on nous fait un peu dormir. Sans cela, nous aurions des rêves sur la scène. »

Elle était donc montée cette fois encore, et pour respirer un air plus pur, j'avais quitté la salle pendant une demi-heure.

En rentrant, je rencontrai dans le couloir une danseuse un peu simple d'esprit et, cette nuit-là, un peu grise, qu'on surnommait la *Gallega*[1].

« Tu reviens trop tôt, me dit-elle.

— Pourquoi ?

— Conchita est toujours là-haut.

— J'attendrai qu'elle s'éveille. Laisse-moi passer. »

Elle paraissait ne pas comprendre.

« Qu'elle s'éveille ?

— Eh bien, oui, qu'as-tu ?

— Mais elle ne dort pas.

— Elle m'a dit...

— Elle t'a dit qu'elle allait dormir ? Ah ! bien ! »

Elle voulait se contenir. Mais quoi qu'elle en eût, et malgré ses lèvres pincées avec effort, le rire éclata dans sa bouche.

J'étais devenu blême.

----

1. La Galicienne.

« ...Je n'osais pas interrompre. J'avais peur de la tuer. »

« Où est-elle ? dis-le-moi immédiatement ! criai-je en lui prenant le bras.

— Ne me faites pas de mal, caballero. Elle montre son nombril à des *Inglès* (1). Dieu sait que ça n'est pas ma faute. Si j'avais su, je ne vous aurais rien dit. Je ne veux me brouiller avec personne, je suis bonne fille, caballero. »

Le croirez-vous ? Je restai impassible. Seulement un grand froid m'envahit, comme si une haleine de cave s'était glissée entre mes vêtements et moi ; mais ma voix n'était pas tremblante.

« Gallega, lui dis-je, conduis-moi là-haut. »

Elle secoua la tête.

Je repris :

« On ne saura pas que tu m'as parlé. Fais vite... C'est ma *novia*, tu comprends... J'ai le droit de monter... Conduis-moi. »

Et je lui mis un napoléon dans la main.

Un instant après, j'étais seul, sur le balcon d'une cour intérieure, et par la porte-fenêtre je voyais, Monsieur, une scène d'enfer.

Il y avait là une seconde salle de danse, plus petite, très éclairée, avec une estrade et deux guitaristes. Au milieu, Conchita nue et trois autres nudités quelconques de femmes, dansaient une *jota* forcenée devant deux Anglais assis au fond. J'ai dit nue, elle était plus que nue. Des bas noirs, longs comme des jambes de maillots, montaient tout en haut de ses cuisses, et elle portait aux pieds de petits souliers sonores qui claquaient sur le parquet. Je n'osai pas interrompre. J'avais peur de la tuer.

Hélas ! mon Dieu ! jamais je ne l'ai vue si belle ! Il

---

(1) Le mot *Inglès* (Anglais) désigne tous les étrangers, en Espagne[1].

---

1. Mais le pluriel correct est *Ingleses*.

ne s'agissait plus de ses yeux ni de ses doigts : tout
son corps était expressif comme un visage, plus qu'un
visage, et sa tête enveloppée de cheveux se couchait
sur l'épaule comme une chose inutile. Il y avait des
sourires dans le pli de sa hanche, des rougissements de
joue au tournant de ses flancs ; sa poitrine semblait
regarder en avant par deux grands yeux fixes et noirs.
Jamais je ne l'ai vue si belle : les faux plis de la robe
altèrent l'expression de la danseuse et font dévier à
contre-sens la ligne extérieure de sa grâce ; mais là,
par une révélation, je voyais les gestes, les frissons, les
mouvements des bras, des jambes, du corps souple et
des reins musclés naître indéfiniment d'une source
visible : le centre même de la danse, son petit ventre
noir et brun.

... J'enfonçai la porte.

La regarder dix secondes et me jurer que je ne l'as-
sassinerais pas, c'était tout ce que ma volonté avait pu
faire. Et maintenant, rien ne me retiendrait plus.

Des cris perçants m'accueillirent. J'allai droit à
Concha et je lui dis d'une voix brève :

« Suis-moi. Ne crains rien. Je ne te ferai pas de mal.
Mais viens à l'instant, ou prends garde ! »

Ah ! non ! elle ne craignait rien ! Elle s'était adossée
au mur, et là, étendant les bras de chaque côté :

« Pas plus que le Christ ne partit de la croix, moi je
ne partirai d'ici ! cria-t-elle, et tu ne me toucheras pas
parce que je te défends d'avancer plus loin que la
chaise. Laissez-moi, madame. Descendez, vous, les
autres. Je n'ai besoin de personne, je me charge de
lui ! »

XI

COMMENT TOUT PARAÎT S'EXPLIQUER

On nous laissa. Les Anglais avaient disparu les premiers.

Monsieur, jusqu'à cette heure-là, j'aurais traité de misérable un homme, n'importe lequel, dont on m'aurait dit qu'il eût frappé une femme. Et pourtant je ne sais par quel ascendant sur moi-même je parvins à me contenir en face de celle-ci. Mes doigts s'ouvraient et se refermaient comme pour étrangler un cou. Une lutte épuisante se livrait en moi entre ma colère et ma volonté.

Ah ! c'est bien le signe suprême de la toute-puissance féminine, que cette immunité dont nous les cuirassons. Une femme vous insulte à la face, elle vous outrage : saluez. Elle vous frappe : protégez-vous, mais évitez qu'elle se blesse. Elle vous ruine : laissez-la faire. Elle vous trompe : n'en révélez rien, de peur de la compromettre. Elle brise votre vie : tuez-vous s'il vous plaît ! — Mais que jamais, par votre faute, la plus fugitive souffrance ne vienne endolorir la peau de ces êtres exquis et féroces pour qui la volupté du mal surpasse presque celle de la chair.

Les Orientaux ne les ménagent pas comme nous, eux qui sont les grands voluptueux. Ils leur ont coupé les griffes afin que leurs yeux fussent plus doux. Ils maîtrisent leur malveillance pour mieux déchaîner leur sensualité. Je les admire.

Mais pour moi, Concha demeurait invulnérable.

Je n'approchai point. Je lui parlais à trois pas. Elle était toujours debout le long du mur, les mains croisées derrière le dos, la poitrine bombée et les pieds réunis, toute droite sur ses longs bas noirs, comme une fleur dans un vase fin.

« Eh bien ! commençai-je, qu'as-tu à me dire ? Voyons, invente ! défends-toi ! mens encore, tu mens si bien !

— Ah ! voilà qui est superbe ! s'écria-t-elle. C'est moi qu'il accuse ! Il entre ici comme un voleur, par la fenêtre, en brisant tout, il me menace, il trouble ma danse, il fait partir mes amis...

— Tais-toi !

— ... Il va peut-être me faire chasser d'ici, et c'est à moi, maintenant, de répondre ! c'est moi qui ai fait le mal, n'est-ce pas ? Cette scène ridicule, c'est moi qui la cherche ! Tiens, laisse-moi, tu es trop bête ! »

Et comme, après sa danse mouvementée, des perles de sueur naissaient en mille endroits de sa peau brillante, elle prit dans un buffet une serviette-éponge, et se frictionna du ventre à la tête comme si elle sortait du bain.

« Ainsi, repris-je, voilà ce que tu faisais dans la maison même où je te vois ! Et voilà ton métier ! voilà la femme que j'aime !

— N'est-ce pas, tu n'en savais rien, innocent ?

— Moi ?

— Mais non. C'est bien cela. Tous les Espagnols le répètent ; on le sait à Paris et à Buenos-Ayres ; des enfants de douze ans à Madrid vous disent que les femmes dansent toutes nues dans le premier bal de Cadiz. Mais toi, tu veux me faire croire qu'on ne t'avait rien dit, toi qui n'es pas marié, toi qui as quarante ans !

— J'avais oublié.

— Il avait oublié ! Il vient ici depuis deux mois,

il me voit monter quatre fois par semaine à la petite
salle...

— Tais-toi, Concha, tu me fais mal affreusement.

— A ton tour, donc ! Je me vengerai, Mateo, de ce
que tu m'as fait ce soir, car tu agis méchamment, par
une jalousie stupide, et je me demande de quel droit !
Car enfin qui es-tu pour me traiter ainsi ? Es-tu mon
père ? non ! Es-tu mon mari ? non ! Es-tu mon
amant ?...

— Oui ! je suis ton amant ! je le suis !

— Vraiment ! tu te contentes de peu ! »

Elle éclata de rire.

J'avais pâli de nouveau.

« Concha, mon enfant, dis-moi, parle-moi, tu en as
un autre ? Si tu es à quelqu'un, je te jure que je te
quitte. Tu n'as qu'un mot à dire.

— Je suis à moi, et je me garde. Je n'ai rien de plus
précieux que moi, Mateo. Personne n'est assez riche
pour m'acheter à moi-même.

— Mais ces hommes, ces deux hommes qui étaient
là tout à l'heure...

— Quoi encore ? Est-ce que je les connais ?

— C'est bien vrai ? Tu ne les connais pas ?

— Mais non, je ne les connais pas ! Où veux-tu que
je les aie vus ? Ce sont des *Inglès* qui sont venus avec
un guide d'hôtel. Ils partent demain pour Tanger. Je ne
me suis guère compromise, mon ami.

— Et ici ? ici même ?

— Voyons, regarde : est-ce une chambre ? Cherche
dans toute la maison : y a-t-il un lit ? Enfin, tu les as
vus, Mateo. Ils étaient habillés comme des manne-
quins, le chapeau sur la tête et le menton sur la canne.
Tu es fou, je te le dis, tu es fou de faire un scandale
pareil quand je n'ai pas un reproche à recevoir de toi. »

Elle se serait défendue plus mal encore, je crois que
je l'aurais justifiée. J'avais un tel besoin de pardon !
Je ne craignais que de la voir avouer.

Une dernière question me torturait d'avance.

Je la posai tout tremblant :

« Et le Morenito... Concha, dis-moi la vérité. Cette fois, je veux savoir. Jure-moi que tu ne me cacheras rien, que tu me diras tout s'il y a quelque chose. Je t'en supplie, ma petite enfant !

— Le Morenito ?... Il était dans mon lit ce matin. »

Je restai un moment sans conscience, puis mes bras se refermèrent sur elle et je l'étreignis ne sachant moi-même si je voulais l'étouffer, ou la ravir à quelqu'un d'imaginaire.

Elle le comprit, et tout en riant, elle s'écria :

« Lâche-moi ! lâche-moi, Mateo. Tu es dangereux pour une minute. Tu me prendrais de force dans un accès de jalousie. Bien. Maintenant, reste où tu es ! Je vais t'expliquer... Mon pauvre ami, il n'y a pas de quoi trembler comme tu le fais, je t'assure.

— Tu crois ?

— Le Morenito habite avec ses deux sœurs, Mercédès et la Pipa. Elles sont pauvres ; pour elles et leur frère, il n'y a qu'un lit, et qui n'est pas large. Aussi depuis qu'il fait si chaud, elles aiment mieux dormir moins serrées, après leurs huit heures de danses, et elles envoient le petit aux voisines. Cette semaine, maman fait l'Adoration Perpétuelle[1] à la paroisse ; elle n'est pas là quand je suis au lit ; alors Mercédès m'a demandé si j'avais une place pour son frère et je lui ai répondu oui. Je ne vois pas ce qui peut t'inquiéter. »

Je la regardais sans répondre.

« Oh ! reprit-elle, si c'est encore cela, sois tranquille ! Je ne lui cède pas plus que ses sœurs, tu sais. Crois-m'en sur parole. C'est à peine s'il m'embrasse quatre ou cinq fois avant de dormir, et puis je lui tourne le dos, comme si nous étions mariés. »

---

1. Tour de garde assuré par des fidèles volontaires devant une hostie consacrée et placée dans un ostensoir, sur l'autel ou au-dessus de l'autel.

Elle tira son bas sur sa cuisse droite et ajouta sans se hâter :

« Comme si j'étais avec toi. »

L'inconscience, la hardiesse ou la rouerie de cette femme, car je ne savais à quoi m'en tenir, achevaient d'égarer tous mes sentiments, hors celui de la souffrance morale. J'étais encore plus malheureux qu'irrésolu ; mais malheureux à pleurer.

Je la pris sur mes genoux, très doucement. Elle se laissa faire.

« Mon enfant, lui dis-je, écoute-moi. Je ne peux plus vivre ainsi que je fais depuis un an à ton caprice. Il faut que tu me parles en toute franchise et peut-être pour la dernière fois. Je souffre abominablement. Si tu restes encore un jour dans ce bal et dans cette ville, tu ne me reverras plus jamais. Est-ce cela que tu veux, Conchita ? »

Elle répondit, et d'un ton si nouveau qu'il me semblait entendre une autre femme :

« Don Mateo, vous ne m'avez jamais comprise. Vous avez cru que vous me poursuiviez et que je me refusais à vous, quand au contraire c'est moi qui vous aime et qui vous veux pour toute ma vie. Souvenez-vous de la Fábrica. Est-ce vous qui m'avez abordée ? Est-ce vous qui m'avez emmenée ? Non. C'est moi qui ai couru après vous dans la rue, qui vous ai entraîné chez ma mère et retenu presque de force tant j'avais peur de vous perdre. Et le lendemain... vous rappelez-vous aussi ? Vous êtes entré. J'étais seule. Vous ne m'avez même pas embrassée. Je vous vois encore, dans le fauteuil, le dos tourné à la fenêtre... Je me suis jetée sur vous, j'ai pris votre tête avec mes mains, votre bouche avec ma bouche et, — je ne vous l'avais jamais dit, — mais j'étais toute jeune alors et c'est pendant ce baiser, Mateo, que j'ai senti fondre en moi le plaisir pour la première fois de ma vie... J'étais sur vos genoux, comme maintenant... »

Je la serrai dans mes bras, brisé d'émotion. Elle

m'avait reconquis en deux mots. Elle jouait de moi comme elle voulait.

« Je n'ai jamais aimé que vous, poursuivit-elle, depuis cette nuit de décembre où je vous ai vu en chemin de fer, comme je venais de quitter mon couvent d'Avila. Je vous aimai d'abord parce que vous êtes beau. Vous avez des yeux si brillants et si tendres qu'il me semblait que toutes les femmes avaient dû en être amoureuses. Si vous saviez combien de nuits j'ai pensé à ces yeux-là. Mais ensuite je vous ai aimé surtout parce que vous êtes bon. Je n'aurais pas voulu lier ma vie à celle d'un homme égoïste et beau, car vous savez que je m'aime trop moi-même pour accepter de n'être heureuse qu'à moitié. Je voulais tout le bonheur et j'ai vu bien vite que si je vous le demandais, vous me le donneriez.

— Mais alors, mon cœur, pourquoi ce long silence ?

— Parce que je ne me contente pas de ce qui suffit à d'autres femmes. Non seulement je veux tout le bonheur, mais je le veux pour toute ma vie. Je veux vous épouser, Mateo, pour vous aimer encore quand vous ne m'aimerez plus. Oh ! ne craignez rien : nous n'irons pas à l'église, ni devant l'alcade. Je suis bonne chrétienne, mais Dieu protège les amours sincères, et j'irai en paradis avant bien des femmes mariées. Je ne vous demanderai pas de m'épouser publiquement parce que je sais que cela ne se peut pas... Vous n'appellerez jamais doña Concepcion Perez de Diaz la femme qui a dansé nue dans l'horrible bouge où nous sommes, devant tous les *Inglès* qui ont passé là... »

Et elle éclata en larmes.

« Concepcion, mon enfant, disais-je bouleversé, calme-toi. Je t'aime. Je ferai tout ce que tu voudras.

— Non, cria-t-elle avec un sanglot. Non, je ne le veux pas ! C'est une chose impossible ! Je ne veux pas que vous souilliez votre nom par le mien. Voyez, maintenant, c'est moi qui n'accepte plus votre générosité. Mateo, nous ne serons pas mariés pour le monde, mais vous me traiterez comme votre femme et vous me jurerez de me garder toujours. Je ne vous demande pas grand-chose : seulement une petite maison à moi quelque part près de vous. Et une dot. La dot que vous donneriez à celle qui vous épouserait. En échange, moi je n'ai rien à vous donner, mon âme. Rien que mon amour éternel, avec ma virginité que je vous ai gardée contre tous. »

XII

SCÈNE DERRIÈRE UNE GRILLE FERMÉE

Jamais elle n'avait pris ce ton, si ému et si simple, pour m'adresser la parole. Je crus avoir enfin dégagé son âme véritable du masque ironique et orgueilleux qui me l'avait celée trop longtemps et une vie nouvelle s'ouvrit à ma convalescence morale.

(Connaissez-vous, au musée de Madrid, une singulière toile de Goya, la première à gauche en entrant dans la salle du dernier étage ? Quatre femmes en jupe espagnole, sur une pelouse de jardin, tendent un châle par les quatre bouts, et y font sauter en riant un pantin grand comme un homme [1]...)

Bref, nous revînmes à Séville.

Elle avait repris sa voix railleuse et son sourire particulier ; mais je ne me sentais plus inquiet. Un proverbe espagnol nous dit : « La femme, comme la chatte, est à qui la soigne. » Je la soignais si bien, et j'étais si heureux qu'elle se laissât faire !

J'étais arrivé à me convaincre que son chemin vers moi n'avait jamais dévié ; qu'elle m'avait réellement abordé la première et séduit peu à peu ; que ses deux fuites étaient justifiées non pas par les misérables calculs dont j'avais eu le soupçon, mais par ma faute, ma

---

1. Le tableau peint par Goya durant l'hiver 1791-1792, *El pelele* (« Le pantin »), est toujours à Madrid, au musée du Prado.

seule faute et l'oubli de mes engagements. Je l'excusais même de sa danse indécente, en songeant qu'elle avait alors désespéré de vivre jamais son rêve avec moi, et qu'une fille vierge, à Cadiz, ne peut guère gagner son pain sans prendre au moins les apparences d'une créature de plaisir.

Enfin, que vous dire ? je l'aimais.

Le jour même de notre retour, je choisis pour elle un *palacio* (1) dans la calle Lucena, devant la paroisse San-Isidorio. C'est un quartier silencieux, presque désert en été, mais frais et plein d'ombre. Je la voyais heureuse dans cette rue mauve et jaune, non loin de la calle del Candilejo [1], où votre Carmen reçut don José.

Il fallut meubler cette maison. Je voulais faire vite, mais elle avait mille caprices. Huit jours interminables passèrent au milieu des tapissiers et des emménageurs. C'était pour moi comme une semaine de noces. Concha devenait presque tendre, et si elle résistait encore, il semblait que ce fût mollement, comme pour ne pas oublier les promesses qu'elle s'était faites. Je ne la brusquai point.

Lorsque je crus devoir lui constituer d'avance sa dot de maîtresse-épouse, je me souvins de sa réserve le jour où elle m'avait demandé ce gage de constance future. Elle ne m'imposait aucun chiffre. Je craignis de répondre mal à sa discrétion et je lui remis cent mille douros qu'elle accepta d'ailleurs comme une simple piécette.

La fin de la semaine approchait. J'étais excédé d'impatience. Jamais fiancé ne souhaita plus ardemment le jour des noces. Désormais, je ne redoutais plus les

---

(1) Hôtel privé.

---

1. Dans une note de *Carmen*, Mérimée raconte que cette rue tient son nom de la querelle qui avait opposé don Pèdre le Cruel, qui régna sur la Castille de 1350 à 1369, à un amoureux qui donnait une sérénade. Seul témoin de l'aventure où le jeune homme fut tué, « une vieille femme se mit à la fenêtre et éclaira la scène avec la petite lampe, *candilejo*, qu'elle tenait à la main ».

coquetteries des temps écoulés : elle était à moi, j'avais lu en elle, j'avais répondu à son pur désir de vie heureuse et sans reproche. L'amour qu'elle n'avait pu me cacher pendant sa dernière nuit de danseuse allait s'exprimer librement pour de longues années tranquilles, et toute la joie m'attendait dans la blanche maison nuptiale de la calle Lucena.

Quelle devait être cette joie, c'est ce que vous allez entendre.

Par un caprice que j'avais trouvé charmant, elle avait voulu entrer la première dans sa nouvelle maison enfin prête pour nous deux, et m'y recevoir comme un hôte clandestin, toute seule, à l'heure de minuit.

J'arrive : la grille (1) était fermée aux barres.

Je sonne : après quelques minutes, Concha descend, et me sourit. Elle portait une jupe toute rose, un petit châle couleur crème[1] et deux grosses fleurs rouges aux cheveux. A la vive clarté de la nuit, je voyais chacun de ses traits.

Elle approcha de la grille, toujours souriante et sans hâte :

« Baisez mes mains », me dit-elle.

La grille demeurait fermée[2].

« A présent, baisez le bas de ma jupe, et le bout de mon pied sous la mule. »

Sa voix était comme radieuse.

Elle reprit :

« C'est bien. Maintenant, allez-vous-en. »

---

(1) Les maisons espagnoles sont fermées par une grille à travers laquelle on voit, au-delà d'un large passage, le *patio*, cour intérieure d'une architecture très ornée, avec une fontaine et des plantes vertes.

---

1. Même vêture que dans le train, lorsque Concha était encore une inconnue pour Mateo.   2. Il n'est pas impossible que Louÿs, qui avait le goût de la parodie, songe ici au jardin clos de la Vierge (*hortus conclusus*), que la littérature évoque dès le Moyen Age et que l'iconographie représente fermé par une grille.

Une sueur d'effroi coula sur mes tempes. Il me semblait que je devinais tout ce qu'elle allait dire et faire.

« Conchita, ma fille... Tu ris... dis-moi que tu ris.

— Ah ! oui, je ris ! je vais te le dire, tiens ! s'il ne te faut que cela. Je ris ! je ris ! es-tu content ? Je ris de tout mon cœur, écoute, écoute comme je ris bien ! Ha ! ha ! je ris comme personne n'a ri depuis que le rire est sur les bouches ! Je me pâme, j'étouffe, j'éclate de rire ! on ne m'a jamais vue si gaie ; je ris comme si j'étais grise. Regarde-moi bien, Mateo, regarde comme je suis contente ! »

Elle leva ses deux bras et fit claquer ses doigts dans un geste de danse.

« Libre ! je suis libre de toi ! libre pour toute ma vie ! maîtresse de mon corps et de mon sang ! Oh ! n'essaye pas d'entrer, la grille est trop solide ! Mais reste encore un peu, je ne serais pas heureuse si je ne t'avais pas dit tout ce que j'ai sur le cœur. »

Elle avança encore et me parla tout près, la tête entre les ongles, avec un accent de férocité.

« Mateo, j'ai *l'horreur* de toi. Je ne trouverai jamais assez de mots pour te dire combien je te hais. Tu serais couvert d'ulcères, d'ordure et de vermine que je n'aurais pas plus de répulsion quand ta peau approche de ma peau. Si Dieu le veut, c'est fini maintenant. Depuis quatorze mois, je me sauve d'où tu es, et toujours tu me reprends et toujours tes mains me touchent, tes bras m'étreignent, ta bouche me cherche. *¡ Qué asco*[1] *!* La nuit, je crachais dans la ruelle après chacun de tes baisers. Tu ne sauras jamais ce que je sentais dans ma chair, quand tu entrais dans mon lit. Oh ! comme je t'ai bien détesté ! comme j'ai prié Dieu contre toi ! J'ai communié sept fois depuis le dernier hiver pour que tu meures le lendemain du jour où je t'aurais ruiné. Qu'il

---

1. *Quelle horreur !*

en soit comme Dieu voudra ! je ne m'en soucie plus, je suis libre ! Va-t'en, Mateo. J'ai tout dit. »

Je restais immobile comme une pierre.

Elle me répéta :

« Va-t'en ! Tu n'as pas compris ? »

Puis comme je ne pouvais ni parler ni partir, la langue sèche et les jambes glacées, elle se rejeta vers l'escalier, et une sorte de furie flamba dans ses yeux.

« Tu ne veux pas t'en aller ! cria-t-elle. Tu ne veux pas t'en aller ? Eh bien, tu vas voir ! »

Et, dans un appel de triomphe, elle cria :

« Morenito ! »

Mes deux bras tremblaient si fort que je secouais les barres de la grille où s'étaient crispés mes poings.

Il était là. Je le vis descendre.

Elle jeta son châle en arrière et lui ouvrit ses deux bras nus.

« Le voilà, mon amant ! Regarde comme il est joli ! Et comme il est jeune, Mateo ! Regarde-moi bien : je l'adore !... Mon petit cœur, donne-moi ta bouche !... Encore une fois... Encore une fois... Plus longtemps... Qu'elle est douce, ma vie !... Oh ! que je me sens amoureuse !... »

Elle lui disait encore beaucoup d'autres choses...

Enfin... comme si elle jugeait que ma torture n'était pas au comble... elle... j'ose à peine vous le dire, Monsieur... elle s'est unie à lui... là... sous mes yeux... à mes pieds...

J'ai encore dans les oreilles, comme un bourdonnement d'agonie, les râles de joie qui firent trembler sa bouche pendant que la mienne étouffait, — et aussi l'accent de sa voix, quand elle me jeta cette dernière phrase en remontant avec son amant :

« La guitare est à moi, j'en joue à qui me plaît ! »

XIII

COMMENT MATEO REÇUT UNE VISITE ET CE QUI S'ENSUIVIT

Si je ne me suis pas tué en rentrant chez moi, c'est sans doute parce qu'au-dessus de mon existence déchirée une colère plus énergique me soutint et me conseilla.

Incapable de dormir, je ne me couchai même point. Le jour me trouva debout et marchant, dans la pièce où nous sommes, des fenêtres à la porte. En passant devant une glace, je vis sans étonnement que j'étais devenu gris.

Au matin, on me servit un premier déjeuner quelconque sur une table du jardin. J'étais là depuis dix minutes, sans faim, sans souffrance, sans pensée, quand je vis venir à moi du fond d'une allée, presque du fond d'un rêve, Concha.

Oh ! ne soyez pas surpris. Rien n'est imprévu quand on parle d'elle. Chacune de ses actions est toujours, à coup sûr, stupéfiante et scélérate. Tandis qu'elle approchait de moi, je me demandais anxieusement quelle convoitise la poussait, du désir de contempler une fois encore son triomphe, ou du sentiment qu'elle pourrait peut-être, par une manœuvre aventureuse, achever à son profit ma ruine matérielle. L'une et l'autre explication étaient également vraisemblables.

Elle se pencha de côté pour passer sous une branche, ferma son ombrelle et son éventail, puis s'assit en face de moi, la main droite posée sur la table.

Je me souviens qu'il y avait derrière elle un massif et qu'une bêche luisante et mince y était plantée dans la terre. Pendant le long silence qui suivit, une tentation m'obséda de prendre cette bêche à la main, de jeter la femme sur le gazon, et de la trancher en deux, là, comme un ver rouge...

« J'étais venue, me dit-elle enfin, savoir comment tu étais mort. Je croyais que tu m'aimais davantage et que tu te serais tué dans la nuit. »

Puis elle versa le chocolat dans ma tasse vide et y trempa ses lèvres mobiles en ajoutant comme pour elle-même :
« Pas assez cuit. C'est bien mauvais. »

Quand elle eut achevé, elle se leva, ouvrit son ombrelle, et me dit :
« Rentrons. Je te réserve une surprise. »
Et je pensai :
« Moi aussi. »
Mais je n'ouvris pas la bouche.
Nous montâmes l'escalier de la véranda. Elle courait en avant et chantait un air de zarzuela [1] connue avec une lenteur qui voulait sans doute m'en faire mieux sentir l'allusion :

> *« ¿ Y si à mi no me diese la gana*
> *De qué fuéras del brazo con él ?*
> *— Pués iria con él de verbena*
> *Y à los toros de Carabanchel [2] ! »*

De son propre mouvement, elle entra dans une pièce... Monsieur, ce n'est pas moi qui l'ai poussée là... ce qui est arrivé ensuite, ce n'est pas moi qui l'ai

---

1. D'opérette.   **2.** « *Et si moi je n'en avais pas l'envie / Que tu te pendes à son bras ? / — Eh bien, j'irais avec lui à la fête / Et aux taureaux de Carabanchel.* »

voulu... Notre destinée était ainsi faite... Il fallait que tout arrivât.

La pièce où elle entra, je vous la montrerai tout à l'heure, c'est une petite salle toute tendue de tapis, sourde et sombre comme une tombe, sans autres meubles que des divans. J'y allais fumer autrefois. Maintenant, elle est abandonnée.

J'y pénétrai derrière elle ; je fermai la porte à clef sans qu'elle entendît la serrure ; puis un flux de sang me monta aux yeux, une colère amassée jour à jour depuis plus de quatorze mois, et, me retournant vers sa face, je l'assommai d'un soufflet.

C'était la première fois que je frappais une femme. J'en restai aussi tremblant qu'elle, qui s'était rejetée en arrière, l'air hébété, claquant des dents.

« Toi... toi... Mateo... tu me fais cela... »

Et au milieu d'injures violentes, elle cria :

« Sois tranquille ! tu ne me toucheras pas deux fois ! »

Elle fouillait dans sa jarretière où tant de femmes cachent une petite arme, quand je lui broyai la main et jetai le couteau sur un dais qui touchait presque au plafond.

Puis je la fis tomber à genoux en tenant ses deux poignets dans ma seule main gauche.

« Concha, lui dis-je, tu n'entendras de moi ni insultes, ni reproches. Écoute bien : tu m'as fait souffrir au-delà de toute force humaine. Tu as inventé des tortures morales pour les essayer sur le seul homme qui t'ait passionnément aimée. Je te déclare ici que je vais te posséder par la force, et non pas une fois, m'entends-tu ? mais autant de fois qu'il me plaira de te saisir avant la nuit.

— Jamais ! jamais je ne serai à toi ! cria-t-elle. Tu me fais horreur : je te l'ai dit. Je te hais comme la mort ! Je te hais plus qu'elle ! Assassine-moi donc ! tu ne m'auras pas avant ! »

C'est alors que je commençai à la frapper en

silence... J'étais vraiment devenu fou... je ne sais plus bien ce qui s'est passé... mes yeux voyaient mal... ma tête ne pensait plus... Je me souviens seulement que je la frappais avec la régularité d'un paysan qui bat au fléau, — et toujours sur les mêmes points : le sommet de la tête et l'épaule gauche... Je n'ai jamais entendu d'aussi horribles cris...

Cela dura peut-être un quart d'heure. Elle n'avait pas dit une parole, ni pour demander grâce, ni pour s'abandonner. Je m'arrêtai quand mon poing fut devenu trop douloureux, puis je lui lâchai les deux mains.

Elle se laissa tomber de côté, les bras étendus devant elle, la tête en arrière, les cheveux défaits, et ses cris se transformèrent brusquement en sanglots. Elle pleurait comme une petite fille, toujours du même ton, aussi longtemps qu'elle pouvait sans reprendre haleine. Par moments, je croyais qu'elle étouffait. Je vois encore le mouvement qu'elle faisait sans cesse avec son épaule meurtrie, et ses mains dans ses cheveux retirer les épingles...

Alors j'eus tellement pitié d'elle et honte de moi, que j'oubliai presque, pour un temps, la scène atroce de la veille...

Concha s'était relevée un peu : elle se tenait encore à genoux, les mains près des joues, les yeux levés à moi... Il semblait qu'il n'y avait plus l'ombre d'un reproche dans ces yeux-là... mais... je ne sais comment m'exprimer... une sorte d'adoration... D'abord ses lèvres tremblaient si fort qu'elle ne pouvait pas articuler... Puis je distinguai faiblement :

« Oh ! Mateo ! comme tu m'aimes ! »

Elle se rapprocha, toujours sur les genoux, et murmura :

« Pardon, Mateo ! Pardon ! je t'aime aussi... »

Pour la première fois, elle était sincère. Mais moi, je ne la croyais plus. Elle poursuivit :

« Que tu m'as bien battue, mon cœur ! Que c'était doux ! Que c'était bon ! Pardon pour tout ce que je t'ai fait ! J'étais folle... Je ne savais pas... Tu as donc bien souffert pour moi ?... Pardon ! Pardon, Mateo ! »

Et elle me dit encore, de la même voix douce :

« Tu ne me prendras pas de force. Je t'attends dans mes bras. Aide-moi à me lever... Je t'ai dit que je te réservais une surprise ? Eh bien, tu le verras tout à l'heure, tu le verras : je suis toujours vierge. La scène d'hier n'était qu'une comédie, pour te faire mal... car je puis te le dire, maintenant : je ne t'aimais guère, jusqu'aujourd'hui. Mais j'étais bien trop orgueilleuse pour prendre un Morenito... Je suis à toi, Mateo. Je serai ta femme ce matin si Dieu veut. Essaye d'oublier le passé et de comprendre ma pauvre petite âme. Moi, je m'y perds. Je crois que je m'éveille. Je te vois comme je ne t'ai jamais vu. Viens à moi. »

Et en effet, Monsieur, elle était vierge...

XIV

OÙ CONCHA CHANGE DE VIE, MAIS NON DE CARACTÈRE

Ceci ferait une fin de roman, et tout serait bien qui finirait par une telle conclusion. Hélas ! que ne puis-je m'arrêter là ! Vous le saurez peut-être un jour : jamais un malheur ne s'efface au cours d'une existence humaine ; jamais une plaie n'est guérie ; jamais la main féminine qui sema l'angoisse et les larmes ne saura cultiver la joie dans le même champ déchiré.

Huit jours après ce matin-là (je dis huit jours ; cela n'a pas été long), Concha rentra, un dimanche soir, quelques minutes avant le dîner, en me disant :

« Devine qui j'ai vu ? Quelqu'un que j'aime bien... Cherche un peu... J'ai été contente. »

Je me taisais.

« J'ai vu le Morenito, reprit-elle. Il passait dans Las Sierpes, devant le magasin Gasquer. Nous sommes allés ensemble à la Cerveceria [1]. Tu sais, je t'ai dit du mal de lui ; mais je n'ai pas dit tout ce que je pense. Il est joli, mon petit ami de Cadiz. Voyons, tu l'as vu, tu le sais bien. Il a des yeux brillants avec de longs cils ; moi, j'adore les longs cils, cela fait le regard si profond ! Et puis, il n'a pas de moustaches, sa bouche est bien faite, ses dents blanches... Toutes les femmes se

---

1. Brasserie.

passent la langue sur les lèvres quand elles le voient si gentil.

— Tu plaisantes, Conchita... ce n'est pas possible... Tu n'as vu personne, dis-le-moi ?

— Ah ! tu ne me crois pas ? Comme il te plaira... Alors je ne te dirai jamais ce qui s'est passé ensuite.

— Dis-le-moi immédiatement ! m'écriai-je en lui saisissant le bras.

— Oh ! ne t'emporte pas ! Je vais te le dire ! Pourquoi me cacherais-je ? C'est mon plaisir, je le prends. Nous sommes allés ensemble en dehors de la ville, *por un caminito muy clarito, muy clarito, muy clarito*, à la Cruz del Campo[1]. Faut-il continuer ? Nous avons visité toute la maison pour choisir le cabinet où nous aurions le meilleur divan... »

Comme je me dressais, elle acheva, derrière ses deux mains protectrices :

« Va, c'est bien naturel. Il a la peau si douce, et il est tellement plus joli que toi ! »

Que voulez-vous ? je la frappai encore. Et brutalement, d'une main dure, de façon à me révolter moi-même. Elle cria, elle sanglota, elle se prosterna dans un coin, la tête sur les genoux, les mains tordues.

Et puis, dès qu'elle put parler, elle me dit, la voix pleine de larmes :

« Mon cœur, ce n'était pas vrai... Je suis allée aux toros... J'y ai passé la journée... mon billet est dans ma

---

1. *Par un petit chemin bien clair, bien clair, bien clair.* Il s'agit probablement d'un air de chanson, mais quand le comportement de Concha blesse Mateo, la lumière est vive : lorsqu'elle danse nue, la salle est « très éclairée », et lorsqu'elle feint de s'unir au More-nito, Mateo la distingue parfaitement « à la vive clarté de la nuit ». Tout à l'inverse, lorsqu'il la possède après l'avoir frappée, la salle est « sombre comme une tombe ». De la même manière, lors du voyage en train, « la neige ne cessait pas d'ensevelir lentement les wagons » et « le ciel était absolument noir ». La Cruz del Campo est un petit temple de la fin du XVe siècle où se trouve une croix sculptée en haut relief.

poche... prends-le... J'étais seule avec ton ami G... et sa femme. Ils m'ont parlé, ils pourront te le dire... J'ai vu tuer les dix taureaux, et je n'ai pas quitté ma place et je suis revenue directement.

— Mais alors, pourquoi m'as-tu dit... ?

— Pour que tu me battes, Mateo. Quand je sens ta force, je t'aime, je t'aime, je t'aime ; tu ne peux pas savoir comme je suis heureuse de pleurer à cause de toi. Viens, maintenant. Guéris-moi bien vite. »

Et il en fut ainsi, Monsieur, jusqu'à la fin. Quand elle se fut convaincue que ses fausses confessions ne m'abusaient plus, et que j'avais toutes les raisons de croire à sa fidélité, elle inventa de nouveaux prétextes pour exciter en moi des colères quotidiennes. Et le soir, dans la circonstance où toutes les femmes répètent : « Tu m'aimeras longtemps », j'entendais, moi, ces phrases stupéfiantes (mais réelles : je n'invente rien) : « Mateo, tu me battras encore ? Promets-le-moi : tu me battras bien ! Tu me tueras ! Dis-moi que tu me tueras ! »

Ne croyez pas, cependant, que cette singulière prédilection fût la base de son caractère : non ; si elle avait le besoin du châtiment, elle avait aussi la passion de la faute. Elle faisait mal, non pour le plaisir de pécher, mais pour la joie de faire mal à quelqu'un. Son rôle dans la vie se bornait là : semer la souffrance et la regarder croître.

Ce furent d'abord des jalousies dont vous ne pouvez avoir idée. Sur mes amis et sur toutes les personnes qui composaient mon entourage, elle répandit des bruits tels, et au besoin se montra directement si insultante que je rompis avec tous et restai seul bientôt. L'aspect d'une femme, quelle qu'elle fût, suffisait à la mettre en fureur. Elle renvoya toutes mes domestiques, depuis la fille de basse-cour jusqu'à la cuisinière, quoiqu'elle sût parfaitement que je ne leur parlais même pas. Puis elle chassa de la même façon celles qu'elle avait choisies elle-même. Je fus contraint de changer tous mes fournisseurs, parce que la femme du coiffeur était blonde, parce que la fille du libraire était brune, et parce que la marchande de cigares me demandait de mes nouvelles quand j'entrais dans sa boutique. Je renonçai en peu de temps à me montrer au théâtre : en effet, si je regardais la salle, c'était pour me repaître de la beauté d'une femme, et si je regardais la scène, c'était une preuve décisive que je devenais amoureux d'une actrice. Pour les mêmes raisons, je cessai de me promener avec elle en public : le moindre salut devenait à ses yeux une sorte de déclaration. Je ne pouvais ni feuilleter des gravures, ni lire un roman, ni regarder une Vierge, sous peine d'être accusé de tendresse à l'égard du modèle, de l'héroïne ou de la Madone. Je cédais toujours, je l'aimais tant ! Mais après quelles luttes fastidieuses !

En même temps que sa jalousie s'exerçait ainsi contre moi, elle tentait d'entretenir la mienne par des moyens qui, de factices qu'ils étaient en premier lieu, devinrent plus tard véritables.

Elle me trompa. Au soin qu'elle prenait de m'en avertir chaque fois, je reconnus qu'elle cherchait moins sa propre émotion que la mienne ; mais enfin, même moralement, ce n'était guère une excuse valable, et en tout cas, lorsqu'elle revenait de ces aventures particulières, je n'étais pas en état de faire leur apologie, vous le comprendrez sans peine.

Bientôt, il ne lui suffit plus de me rapporter les preuves de ses infidélités. Elle voulut renouveler la scène de la grille, et cette fois sans aucune feinte. Oui ! elle machina, contre elle-même, une surprise en flagrant délit !

Ce fut un matin. Je m'éveillai tard : je ne la vis pas à mon côté. Une lettre était sur la table et me disait en quelques lignes :

« Mateo qui ne m'aimes plus ! Je me suis levée pendant ton sommeil et j'ai été retrouver mon amant, hôtel X..., chambre 6 ; tu peux me tuer là si tu veux, la serrure restera ouverte. Je prolongerai ma nuit d'amour

jusqu'à la fin de la matinée. Viens donc ! j'aurai peut-
être la chance que tu me voies pendant une étreinte.

» Je t'adore.

» CONCHA. »

J'y allai. Quelle heure que celle-là, mon Dieu ! Un
duel suivit. Ce fut un scandale public. On a pu vous en
parler...

Et quand je pense que tout ceci était fait « pour m'attacher » ! Jusqu'où l'imagination des femmes peut-elle
les aveugler sur l'amour viril !

Ce que je vis dans cette chambre d'hôtel survécut
désormais comme un voile entre Concha et moi. Au
lieu de fouetter mon désir, comme elle l'avait espéré,
ce souvenir se trouva répandre sur tout son corps
quelque chose d'odieux et d'ineffaçable dont elle resta
imprégnée. Je la repris pourtant ; mais mon amour pour
elle était à jamais blessé. Nos querelles devinrent plus
fréquentes, plus âpres, plus brutales aussi. Elle s'accro-
chait à ma vie avec une sorte de fureur. C'était par
égoïsme et passion personnelle. Son âme foncièrement
mauvaise ne soupçonnait même pas qu'on pût aimer
autrement. A tout prix, par tous les moyens, elle me
voulait enfermé dans la ceinture de ses bras. — Je
m'échappai enfin.

Cela se fit un jour, tout à coup, après une scène entre
mille, simplement parce que c'était inévitable.

Une petite gitana [1], marchande de corbeilles, avait
monté l'escalier du jardin pour m'offrir ses pauvres
ouvrages de joncs tressés et de feuilles de roseaux.
J'allais lui faire une charité, quand je vis Concha
s'élancer vers elle et lui dire avec cent injures qu'elle
était déjà venue le mois précédent, qu'elle prétendait
sans doute m'offrir bien autre chose que ses corbeilles,
ajoutant qu'on voyait bien à ses yeux son véritable
métier, que si elle marchait pieds nus c'était pour mon-

---

1. Le récit de Mateo s'était ouvert sur une dispute de Concha
avec une gitane : il se referme sur une autre.

trer ses jambes, et qu'il fallait être sans pudeur pour
aller ainsi de porte en porte avec un jupon déchiré à la
chasse des amoureux. Tout cela, semé d'outrages que
je ne vous répète pas, et dit de la voix la plus rogue.
Puis elle lui arracha toute sa marchandise, la brisa, la
piétina. Je vous laisse à deviner les sanglots et les trem-
blements de la malheureuse petite. Naturellement je la
dédommageai. D'où bataille.

La scène de ce jour-là ne fut ni plus violente ni plus
fastidieuse que les autres ; pourtant elle fut définitive :
je ne sais pas encore pourquoi. « Tu me quittes pour
une bohémienne ! — Mais non. Je te quitte pour la
paix. »

Trois jours après, j'étais à Tanger. Elle me rejoignit.
Je partis en caravane dans l'intérieur, où elle ne pouvait me suivre, et je restai plusieurs mois sans nouvelles d'Espagne.

Quand je revis Tanger, quatorze lettres d'elle m'attendaient à la poste. Je pris un paquebot qui me conduisit en Italie. Huit autres lettres me parvinrent encore.
Puis ce fut le silence.

Je ne rentrai à Séville qu'après un an de voyages.
Elle était mariée depuis quinze jours à un jeune fou,
d'ailleurs bien né, qu'elle a fait envoyer en Bolivie
avec une hâte significative. Dans sa dernière lettre, elle
me disait : « Je serai à toi seul, ou alors à qui voudra. »
J'imagine qu'elle est en train de tenir sa seconde promesse.

J'ai tout dit, Monsieur. Vous connaissez maintenant
Concepcion Perez.

Pour moi, j'ai eu la vie brisée pour l'avoir trouvée
sur ma route. Je n'attends plus rien d'elle, que l'oubli ;
mais une expérience si durement acquise peut et doit
se transmettre en cas de danger. Ne soyez pas surpris
si j'ai tenu à cœur de vous parler ainsi. Le carnaval est
mort hier ; la vie réelle recommence ; j'ai soulevé un
instant pour vous le masque d'une femme inconnue.

« Je vous remercie », dit gravement André, en lui
serrant les deux mains.

XV

QUI EST L'ÉPILOGUE ET AUSSI LA MORALITÉ DE CETTE HISTOIRE

André revint à pied vers la ville. Il était sept heures du soir. La métamorphose de la terre s'achevait insensiblement par un clair de lune enchanté.

Pour ne pas revenir par le même chemin — ou pour toute autre raison — il prit la route d'Empalme après un long détour à travers la campagne.

Le vent du sud l'enivrait d'une chaleur intarissable qui, à cette heure déjà nocturne, était encore plus voluptueuse.

Et comme il s'arrêtait, les yeux presque fermés, pour jouir de cette sensation nouvelle avec frisson, une voiture le croisa, et s'arrêta brusquement.

Il s'avança ; on lui parlait :

« Je suis un peu en retard, murmurait une voix. Mais vous êtes gentil, vous m'avez attendue. Bel inconnu qui m'attirez, devrais-je me confier à vous sur cette route déserte et sombre ? Ah ! Seigneur ! vous le voyez bien : je n'ai guère envie de mourir, ce soir ! »

André jeta sur elle un regard qui voyait toute une destinée ; puis, devenu soudain très pâle, il prit la place vide auprès d'elle.

La voiture roula en pleine campagne jusqu'à une petite maison verte à l'ombre de trois oliviers. On détela les chevaux. Ils dormirent. Le lendemain, vers trois heures, ils reprirent le harnais. La voiture repartit pour Séville et s'arrêta, 22, plaza del Triunfo.

Concha en descendit la première. André suivait. Ils entrèrent ensemble.

« Rosalia ! dit-elle à une femme de chambre. Fais mes malles, vite ! Je vais à Paris.

— Madame, il est venu ce matin un monsieur qui a demandé Madame et qui a beaucoup insisté pour entrer. Je ne le connais pas, mais il dit que Madame le connaît depuis longtemps, et qu'il serait bien heureux si Madame daignait le recevoir.

— A-t-il laissé une carte ?

— Non, Madame. »

Mais en même temps, un domestique se présentait, portant une lettre, et André sut plus tard que la lettre était celle-ci :

« Ma Conchita, je te pardonne. Je ne puis vivre où tu n'es pas. Reviens. C'est moi, maintenant, qui t'en supplie à genoux.

» Je baise tes pieds nus.

» MATEO. »

Séville, 1896.

Naples, 1898.

ANNEXES

Casanova.

I. *MÉMOIRES* DE CASANOVA

Acheté en 1820 par un libraire de Leipzig, le manuscrit des Mémoires *que Jean-Jacques Casanova de Seingalt (1725-1798) écrivit directement en français (d'où quelques curiosités de langue) n'a été publié que de manière incomplète jusqu'au début des années 1960. Il m'a cependant semblé préférable, pour les larges extraits que l'on trouvera ci-dessous du long épisode de la Charpillon — unique défaite amoureuse de Casanova —, de suivre le texte que Pierre Louÿs a pu lire plutôt que celui qu'on connaît depuis quarante ans, et je reproduis l'édition Garnier de 1880 (t. 6, p. 458-506).*

... Le jour où je connus cette femme fut un jour néfaste pour moi, mes lecteurs pourront en juger.

C'était vers la fin de septembre 1763 que je fis la connaissance de la Charpillon, et c'est de ce jour que j'ai commencé à mourir. Si la ligne perpendiculaire d'ascension est égale à la ligne de descente, comme cela doit être aujourd'hui, premier jour de novembre 1797, il me semble pouvoir compter sur environ quatre années de ma vie, lesquelles se passeront bien vite selon l'axiome *Motus in fine velocior* [1].

La Charpillon, que tout Londres a connue et qui, je crois, vit encore, était une de ces beautés auxquelles il est difficile de découvrir le moindre défaut physique. Ses cheveux étaient d'un beau châtain clair, et d'une

---

1. « Le mouvement s'accélère vers la fin » (c'est la loi de l'accélération de la chute des corps selon Galilée).

longueur et d'un volume étonnants ; ses yeux bleus avaient à la fois la langueur naturelle à cette couleur et tout le brillant des yeux d'une Andalouse ; sa peau, légèrement rosée, était d'une blancheur éblouissante, et sa taille élevée promettait d'atteindre à vingt ans la taille élancée de Pauline[1]. Sa gorge était peut-être un peu petite, mais d'une forme parfaite ; elle avait les mains blanches et potelées, minces et un peu plus longues que ne sont les mains ordinaires ; avec cela, le pied le plus mignon, et cette démarche noble et gracieuse qui donne tant de charme, même à une femme ordinaire. Sa physionomie douce et ouverte avait l'expression de la candeur et semblait annoncer cette délicatesse de sentiment et cette sensibilité exquise qui sont toujours des armes irrésistibles dans le beau sexe. Dans ces points seulement, la nature s'était plu à mentir sur sa figure. C'est là plutôt qu'elle aurait dû être vraie, et mentir dans tout le reste.

Cette sirène avait prémédité de me rendre malheureux, même avant d'avoir appris à me connaître, et elle me le dit, comme pour ajouter à son triomphe.

Je sortis de chez Malingan[2] non pas comme un homme sensuel et passionné pour le beau sexe, qui doit se sentir joyeux d'avoir fait la connaissance d'une rare beauté qu'il peut espérer de posséder pour la satisfaction complète de ses désirs ; mais stupéfait que l'image de Pauline, que j'avais sans cesse présente, et qui s'élevait impérieuse à mon esprit toutes les fois que je voyais une femme dont la beauté pouvait parler à mes sens, stupéfait, dis-je, que cette image fût insuffisante pour anéantir le pouvoir d'une Charpillon que je ne pouvais m'empêcher de mépriser.

Je me réconciliai avec moi-même, en me figurant que je n'avais été surpris que par l'attrait puissant de la nouveauté et par les circonstances, et par l'espoir que le désenchantement ne tarderait pas à venir. « Je

---

1. La jeune femme que Casanova vient de connaître avant la Charpillon.   **2.** Officier français ami de Casanova.

cesserai de la trouver merveilleuse, me dis-je, dès que je l'aurai possédée, et cela ne saurait tarder. »

Ici, cher lecteur, vous pourriez peut-être vous croire autorisé à me taxer de présomption ; mais comment pouvais-je me la figurer difficile ? Elle s'était invitée elle-même à dîner chez moi ; elle avait été tout entière à M. le procurator Morosini, qui n'avait pas dû soupirer auprès d'elle, car il n'était pas homme à cela, et qui devait l'avoir payée, parce qu'il n'était ni jeune, ni assez bel homme pour faire un caprice. Sans me flatter de vouloir lui plaire, j'avais de l'or et je n'étais pas avare ; je pouvais donc supposer qu'elle ne résisterait pas.

Pembroke était devenu mon ami depuis la bonne œuvre que j'avais faite envers Schwerin, et en ne revendiquant point la moitié de la somme de la part du général. Il m'avait dit que nous arrangerions une partie de plaisir où nous passerions une journée agréable. Ainsi, quand le lendemain il vit quatre couverts, il me demanda qui seraient mes deux autres convives. Il fut très surpris quand il sut que c'étaient la Charpillon et sa tante, et que cette fille s'était invitée elle-même, dès qu'elle avait su qu'il dînait seul avec moi.

« Cette friponne, me dit le lord, m'avait inspiré une violente envie de la posséder quelques instants, quand un soir, l'ayant trouvée au Vaux-Hall[1] avec sa tante, je lui proposai vingt guinées, si elle voulait venir se promener seule avec moi dans l'allée obscure. Elle accepta, mais à condition que je lui donnerais la somme d'avance, ce que j'eus la faiblesse de faire. Elle m'accompagna dans l'allée ; mais dès que nous fûmes un peu avancés, elle quitta mon bras, et je ne pus la rejoindre de toute la nuit.

— Vous auriez dû la souffleter en public.

— Je me serais fait une mauvaise affaire, et de plus, on se serait moqué de moi. J'ai mieux aimé mépriser la fille et la somme qu'elle m'a subtilisée. En êtes-vous amoureux ?

---

1. Parc de Londres.

— Non, mais j'en suis curieux comme vous l'avez été.

— Soyez sur vos gardes, car elle fera tout son possible pour vous attraper. »

Elle entre, et sans le moindre embarras, elle s'adresse à milord, lui dit les plus jolies choses du monde et n'a pas l'air de faire la moindre attention à moi. Elle rit, plaisante, conte le tour qu'elle lui a joué au Vaux-Hall et lui fait la guerre d'avoir manqué de courage à la poursuivre à cause d'une espièglerie qui, au contraire, aurait dû l'exciter à l'aimer davantage.

« Une autre fois, lui dit-elle, je ne vous échapperai pas.

— Cela se peut, ma belle, car une autre fois, certes, je ne vous payerai pas d'avance.

— Fi donc ! payer est un vilain mot qui vous dégrade.

— Et qui vous honore peut-être ?

— On ne fait jamais mention de cela. »

Lord Pembroke loua son esprit, et ne fit que rire de tous les propos impertinents qu'elle lui tint, piquée qu'elle était de l'attention indolente avec laquelle il continuait de lui parler.

Elle nous quitta bientôt après le dîner, en me faisant promettre d'aller dîner avec elle le surlendemain.

Je passai le jour suivant avec l'aimable lord, qui me fit connaître le *bagno* [1] à l'anglaise, partie de plaisir qui coûte fort cher et que je ne m'arrêterai pas à décrire, parce qu'elle est connue de tous ceux qui ont voulu dépenser six guinées pour se procurer cette jouissance. Nous eûmes, dans cette partie, deux sœurs fort jolies qu'on appelait les Garich.

Au jour fixé, poussé par ma mauvaise étoile, je me rendis chez la Charpillon. Elle me présenta sa mère, qui, bien que vieille, décharnée et malade, ne m'échappa point et me rendit d'étranges souvenirs.

En 1759, un Genevois, nommé Bolomé, m'avait persuadé de lui vendre des bijoux pour la valeur de six

---

1. *Bain*, en italien.

mille francs, et elle m'avait donné deux lettres de change tirées par elle et ses deux sœurs sur ce même Bolomé : elles se nommaient alors Anspergher. Le Genevois fit banqueroute avant l'échéance et les trois sœurs disparurent. On peut juger de ma surprise de les retrouver en Angleterre, et surtout d'être introduit chez elles par la Charpillon qui, ne connaissant point la mauvaise affaire de sa mère et de ses tantes, ne leur avait pas dit que Seingalt était le même que Casanova auquel elles avaient subtilisé six mille francs.

« J'ai le plaisir de vous remettre, Madame, furent les premiers mots que je lui adressai.

— Monsieur, je vous remets aussi ; le coquin de Bolomé...

— N'en parlons pas, Madame, et remettons ce sujet à un autre jour. Je vois que vous êtes malade.

— J'ai été à la mort ; mais cela va un peu mieux maintenant. Ma fille ne vous a pas annoncé sous votre nom.

— Pardon, c'est bien mon nom qu'elle vous a dit. Je m'appelle Seingalt aussi bien que Casanova, nom que je portais à Paris quand je connus votre fille, sans savoir qu'elle vous appartînt. »

Dans ce moment la grand-mère, qui se nommait Anspergher comme sa fille, entra avec les deux tantes ; et un quart d'heure après vinrent trois hommes dont l'un était le chevalier Goudar, que j'avais connu à Paris. Je ne connaissais pas les deux autres qu'on m'annonça sous les noms de Rostaing et Caumon. C'étaient trois amis de la maison, trois fripons dont l'emploi était d'attirer des dupes pour pourvoir ainsi réciproquement à leurs besoins.

Telle fut l'infâme société où je me vis introduit et, quoique je m'en aperçusse au premier abord, je ne m'enfuis pas et je ne me promis point de ne plus y remettre les pieds. Il y a des fascinations incompréhensibles ! Je crus sans doute ne courir aucun risque en me tenant sur mes gardes ; et, comme je n'avais d'autre intention que de nouer une intrigue avec la fille, je considérais tout le reste comme n'ayant rien à faire avec mon but.

A table, je me mis à l'unisson et j'y donnai le ton ; j'agaçai, on m'agaça, et je me crus certain de venir sans peine à bout de mon dessein. La seule chose qui me déplut fut la demande que me fit la Charpillon, après s'être excusée de m'avoir fait faire mauvaise chère, de l'inviter à souper chez moi avec toute la compagnie, pour tel jour que je fixerais. Ne pouvant reculer, je la priai, sans biaiser, de fixer le jour elle-même, et elle le fit, après avoir consulté ses dignes conseillers.

Après le café, nous jouâmes quatre robres[1] au whist ; je perdis, et, à minuit, je me retirai ennuyé, mécontent de moi-même, mais non pas corrigé, car cette drôlesse m'avait ensorcelé.

J'eus la force cependant de passer deux jours sans la voir. Le troisième, c'était celui qu'elle avait choisi pour le maudit souper, je la vis entrer à neuf heures du matin avec sa tante.

« Je suis venue, me dit-elle de l'air le plus engageant, déjeuner avec vous et vous communiquer une affaire.

— De suite, ou après avoir déjeuné ?

— Après, car nous devons être seuls. »

Nous déjeunâmes, et puis, la tante étant passée dans une autre chambre, la Charpillon me dit, après m'avoir informé de la situation de sa famille, qu'elle cesserait d'être dans la gêne si sa tante possédait cent guinées.

« Comment s'y prendrait-elle ?

— Elle composerait le baume de vie dont elle a le secret, et certes elle ferait fortune. »

Alors elle s'étendit avec complaisance sur les propriétés merveilleuses de ce baume, sur son débit probable dans une ville telle que Londres, et sur les avantages que j'en retirerais moi-même, puisque je devais être naturellement à part de tous les bénéfices. Elle ajouta qu'en outre sa mère et ses tantes s'engage-

---

1. Quatre parties.

raient par écrit à me rembourser les cent guinées au bout de six ans.

« Je vous donnerai une réponse positive après souper. »

Prenant alors cet air caressant et entreprenant d'un homme amoureux qui veut atteindre à l'apogée de la jouissance, je fais de vains efforts et n'aboutis à rien, quoique je fusse parvenu à l'étendre sur mon large sofa. Souple comme un boa et pliée au manège, la Charpillon m'échappe et court en riant retrouver sa tante. Je la suis, et forcé de rire comme elle, elle me tend la main, en me disant : « Adieu ! à ce soir. »

Resté seul, je trouvai cette première scène toute naturelle et n'en tirai aucun mauvais augure, surtout en pensant aux cent guinées dont elle avait besoin et dont elle m'avait fait la demande. Je voyais bien qu'avec une fille de son caractère je ne devais pas aspirer à ses faveurs sans débourser cette somme ; aussi je ne pensais pas à marchander, mais il fallait qu'elle sût à son tour qu'elle ne les aurait pas si elle s'avisait de faire la bégueule. C'était à moi à me régler de façon à n'avoir pas à craindre d'être dupe.

Le soir, la compagnie étant arrivée, la belle m'engagea à faire une petite banque[1], en attendant le souper ; mais, poussant un éclat de rire auquel elle ne s'attendait pas, je m'en dispensai.

« Nous ferons au moins un whist, me dit-elle.

— Il me paraît, lui répondis-je, que vous n'êtes pas pressée d'avoir la réponse sur l'affaire en question.

— A propos ! vous vous êtes déterminé, je pense ?

— Oui, venez. »

Elle me suivit dans la chambre voisine et, après l'avoir fait asseoir sur le sofa, je lui dis que les cent guinées étaient à sa disposition.

« Vous les donnerez à ma tante, car ces messieurs s'imagineraient que je les ai obtenues par des complaisances honteuses.

— Vous pouvez y compter. »

---

1. Jeu de cartes, appelé aussi vingt-et-un.

Après cette assurance, je voulus m'emparer d'elle, mais je fis encore de vaines tentatives et je cessai lorsqu'elle me dit :

« Vous n'obtiendrez jamais rien de moi ni par argent ni par violence ; mais vous pourrez tout espérer de mon amitié quand je vous aurai trouvé tête à tête aussi doux qu'un agneau. »

Je rentrai dans la salle et, sentant une humeur diabolique circuler dans toutes mes veines, pour parvenir à la dissimuler, je me mêlai au whist que l'on avait arrangé pendant notre absence. Quant à elle, sa gaieté était sémillante, mais elle m'ennuyait. A souper, je l'avais à ma droite, et elle m'impatienta par cent folies qui m'auraient élevé à l'Empyrée si elle ne m'avait pas rebuté deux fois dans ce même jour.

Après souper, et au moment de partir, elle me prit à part et me dit que, si je voulais donner les cent guinées, elle ferait passer sa tante dans l'autre chambre.

« Comme il faut écrire, lui dis-je, cela prendrait du temps ; nous remettrons cela à un autre jour.

— Voulez-vous fixer le moment ? »

Tirant une bourse pleine d'or et la lui montrant : « Le moment viendra quand vous lui ordonnerez de venir. »

Quand mes détestables convives furent partis, je réfléchis que cette jeune intrigante avait jeté un dévolu sur moi pour me rendre sa dupe et m'enlever mon argent sans rien m'accorder en retour, et je résolus d'abandonner mes prétentions. Cette lutte m'humiliait, et pourtant je me sentais vivement attiré par la beauté de cette fille quand tout le reste en elle me rebutait. [...]

En moins de trois semaines, je me félicitais d'avoir oublié la Charpillon et de l'avoir remplacée par des amours innocents, quoiqu'une des compagnes de ma fille me plût un peu trop pour me laisser sans désirs.

J'étais dans cet état quand, un matin à huit heures, je vis entrer chez moi la tante favorite de la Charpillon, qui me dit que sa nièce et toute la famille étaient mortifiées de ne m'avoir pas revu depuis le souper que je leur avais donné, et elle-même surtout à qui sa nièce avait fait espérer que je lui donnerais le moyen de faire le baume de vie.

« Il est vrai, Madame, que je vous aurais donné cent guinées si votre nièce m'avait traité en ami ; mais elle m'a refusé même les faveurs qu'aurait accordées une vestale, et vous savez bien qu'elle ne l'est pas.

— Permettez-moi de rire. Cette chère enfant est folâtre, un peu étourdie, et ne se donne que lorsqu'elle est sûre d'être aimée. Elle m'a tout conté. Elle vous aime, mais elle craint que votre amour ne soit un caprice. Elle est au lit dans ce moment à cause d'un gros rhume et elle croit avoir un peu de fièvre. Venez la voir ; je suis sûr que vous ne vous retirerez pas mécontent. »

Ce discours captieux et préparé d'avance, qui n'aurait dû que m'inspirer du mépris, réveilla en moi la plus violente convoitise. Je me mis à rire avec la vieille, à laquelle je finis par demander l'heure à laquelle je devais y aller pour être sûr de trouver la belle au lit.

« Venez-y de suite et ne frappez qu'un seul coup.

— Allez, et attendez-moi. »

Je me félicitais de me voir au moment d'atteindre mon but et de m'être garanti de l'attrape ; car, m'étant expliqué avec la tante et l'ayant pour moi, je ne doutais plus de rien.

Je mets une redingote, et en moins d'un quart d'heure je frappe le coup convenu à la porte de la Charpillon. La tante vient en tapinois, m'ouvre et me dit :

« Revenez dans une demi-heure, car on lui a ordonné un bain et elle vient de se mettre dans sa baignoire.

— C'est une infâme tromperie de plus. Vous êtes une menteuse comme elle est une infâme intrigante.

— Vous êtes sévère et injuste ; mais si vous me promettez d'être sage, je vais vous mener au troisième, où elle se baigne. Elle dira ce qu'elle voudra, mais vous aurez au moins la conviction que je ne vous trompe pas.

— Si vous dites vrai, allons. »

Elle monte, je la suis doucement ; elle ouvre une porte et me pousse dans une chambre dont elle referme la porte sur moi. La Charpillon était dans une grande baignoire, la tête tournée vers la porte, et l'infâme coquette, faisant semblant de croire que c'était sa tante, ne fit aucun mouvement et dit :

« Ma tante, donnez-moi des serviettes. »

Elle était dans la posture la plus séduisante et, la baignoire n'étant qu'à moitié pleine, je pouvais jouir de tous les attraits d'un corps de Vénus, sans que le liquide qui la recouvrait comme une gaze légère pût rien dérober à mes avides regards.

Aussitôt qu'elle m'aperçut, elle poussa un cri, s'accroupit, et me dit avec une colère affectée :

« Allez-vous-en !

— Ne criez pas, belle, car je ne suis la dupe de rien.

— Allez-vous-en !

— Non, laissez-moi reprendre mes esprits.

— Je vous dis de vous en aller.

— Non ; mais soyez tranquille, et ne redoutez aucune violence ; cela vous arrangerait trop bien.

— Ma tante me le payera, c'est sûr.

— Comme vous voudrez, mais elle me trouvera son ami. Je ne vous toucherai pas, mais développez-vous.

— Comment ! que je me développe ?

— Oui, mettez-vous comme vous étiez quand je suis entré.

— Oh ! pour cela, non. Allez-vous-en.

— Je vous ai dit que non, et que vous n'avez rien à craindre... pour votre virginité.

— Vous êtes un monstre. »

Alors, pour se ramasser davantage, elle exposa à mes regards un tableau plus séduisant que le premier, et, affectant de prendre le parti de la douceur :

« Je vous en prie, mon ami, allez-vous-en ; je vous en saurai gré plus tard. »

Mais, voyant qu'elle ne gagnait rien, et que, ne voulant point la toucher, j'étais en train d'éteindre le feu qu'elle avait allumé dans mes sens, elle tourna le dos, pour m'empêcher de penser qu'elle trouvât quelque plaisir à me voir, et que cette pensée pût ajouter à ma brutale jouissance. Je savais tout cela, mais j'avais besoin de recouvrer ma raison, et j'étais forcé de m'abaisser pour apaiser mes sens dont l'ardeur me dominait. Au reste, je ne fus point fâché de voir l'effet du frustratoire, car cette satisfaction brutale me prouva que le mal n'était pas profond, puisqu'il ne tenait qu'à la satisfaction animale.

La tante entra comme j'achevais, et je sortis sans mot dire, satisfait de n'éprouver que du mépris pour un caractère tout de calcul et dans lequel le sentiment n'entrait pour rien.

La tante me rejoignit à la porte de la rue, et en me demandant si j'étais content, elle m'invita à entrer au parloir.

« Oui, lui dis-je, je suis très content, mais c'est de vous bien connaître l'une et l'autre. Voilà la récompense. »

En disant ces mots je tirai un billet de banque de cent guinées que j'eus la sottise de lui jeter, en lui disant qu'elle pourrait faire son baume, et que je ne me souciais point de son écrit, sachant ce qu'il valait. Je n'eus pas la force de m'en aller sans lui rien donner, comme je l'aurais dû, et la pourvoyeuse experte fut assez fine pour le sentir.

Rentré chez moi, ayant bien examiné l'aventure, et me sentant vainqueur, j'éprouvai un sentiment de joie et de satisfaction. Ainsi, reprenant toute ma bonne humeur, je me crus certain de ne plus remettre les pieds dans la maison de cette indigne engeance. Elles étaient sept, y compris deux servantes ; et le besoin de subsister leur avait fait adopter le système de n'exclure aucun moyen ; et quand, dans leurs conférences, elles se voyaient dans la nécessité d'employer des hommes, elles s'ouvraient aux trois gredins que j'ai nommés, et qui, à leur tour, n'avaient pas les moyens d'exister sans elles.

Ne pensant plus qu'à me divertir, et parcourant, dans ce but, les lieux où je pouvais trouver du plaisir, cinq à six jours après la scène du bain, je rencontrai la friponne au Vaux-Hall avec sa tante et Goudar. Je l'évitai d'abord, mais elle me rejoignit en me reprochant, d'un air de sirène, mon mauvais procédé. Je lui répondis durement ; mais, affectant l'insensibilité, elle entra dans une niche en m'invitant à prendre avec elle une tasse de thé.

« Je n'en veux pas, lui dis-je. Je préfère souper.

— Dans ce cas, je l'accepterais de vous, et vous ne me le refuserez pas, si vous n'avez pas de rancune. »

J'ordonne le couvert pour quatre, et nous voilà attablés comme si nous avions été intimes.

Les propos séduisants qu'elle me tint, sa gaieté, ses attraits, me remirent sous le charme ; et, mon âme devenue plus lâche encore par l'effet de la boisson, je lui proposai un tour dans les allées sombres, espérant, lui dis-je, qu'elle ne me traiterait pas comme elle avait traité Pembroke. Elle me répondit avec douceur et une apparence de sincérité, dont je faillis être la dupe, qu'elle voulait être à moi entièrement, mais à la lumière ; à condition, cependant, qu'elle aurait la satisfaction de me voir chez elle tous les jours, comme un véritable ami de la maison.

« Je vous le promets, mais venez d'abord me donner un petit échantillon de votre tendresse.

— Non, et absolument non. »

Je me levai pour payer la carte ; puis je sortis sans lui rien dire, refusant de la conduire chez elle. Je revins chez moi avec la tête un peu prise, et je me couchai.

Ma première perception, en me réveillant le lendemain, fut de me sentir heureux qu'elle ne m'eût pas pris au mot, tant je sentais instinctivement que j'aurais dû briser tous les rapports entre cette créature et moi. Je sentais que l'ascendant qu'elle exerçait sur moi était invincible, et que le seul moyen de me garantir de devenir encore sa dupe était de la fuir avec persévérance, ou de renoncer franchement, en la voyant, à la jouissance de ses charmes perfides.

La seconde condition me paraissant impossible, je résolus de m'attacher fortement à la première ; mais l'indigne créature s'était engagée à se jouer de tous mes projets. [...]

Dès le lendemain, au moment où j'y pensais le moins, je vis paraître la Charpillon qui, d'un air sérieux, air que dans une autre on aurait pu prendre pour modestie, me dit :

« Je ne viens point vous demander à déjeuner, mais seulement une explication, et vous présenter Miss Lorenzi. »

Je la saluai, ainsi que sa compagne ; puis je lui dis :

« Quelle explication voulez-vous, Mademoiselle ? »

A ces mots, Miss Lorenzi, que je voyais pour la première fois et qui était comme le satyre obligé des tableaux de Vénus, crut devoir nous laisser seuls, et je dis à Jarbe[1] que je n'y étais pour personne. Afin que la suivante de ma nymphe n'eût pas le temps de s'ennuyer, j'ordonnai qu'on lui servît à déjeuner.

« Monsieur, me dit la Charpillon, est-il vrai que vous avez chargé le chevalier Goudar de dire à ma mère que vous lui donnerez cent guinées pour que je passe une nuit avec vous ?

— Non pas pour que vous la passiez, mais quand vous l'aurez passée. Est-ce que ce n'est pas assez ?

— Point de plaisanterie. Il n'est pas question de marchander ; il s'agit seulement de savoir si vous vous croyez le droit de m'insulter et si vous vous figurez que je sois insensible à l'outrage.

— Si vous vous croyez outragée, je pourrai condescendre à croire que j'ai tort ; mais je ne m'attendais pas, je vous l'avoue, que vous vous crussiez le droit de me le reprocher. Goudar est de vos intimes connaissances, et ce n'est pas la première proposition de ce genre que ce chevalier vous ait faite. Je ne pouvais pas m'adresser à vous directement, car je sais à quoi m'en tenir sur votre compte, puisque vous ne triomphez qu'à manquer de parole.

---

1. Le domestique indien de Casanova.

— Je ne ferai pas attention à ce que vous me dites de peu flatteur, mais je vous rappellerai que je vous ai dit que vous ne m'aurez jamais ni par violence, ni pour de l'argent, mais seulement quand vous m'aurez rendue amoureuse de vous par vos procédés. Prouvez-moi que je vous ai manqué de parole. C'est vous qui m'avez manqué, d'abord en venant me surprendre au bain, et hier en me faisant demander à ma mère pour servir à votre brutalité. Il n'y avait qu'un coquin tel que Goudar qui pût se charger de votre mission. [...]

— Je suis fâché de vous avoir fait du mal, quoique je ne puisse avoir cette intention ; mais je n'y vois point de remède.

— Venez chez nous, ce sera un remède, et gardez votre argent, que je méprise. Si vous m'aimez, venez faire ma conquête en amant raisonnable, et non pas en brutal : je vous aiderai à la faire ; car vous ne pouvez maintenant douter de mon amour. »

Ce discours me parut trop naturel pour cacher un piège. J'y fus pris, et je lui promis de faire ce qu'elle désirait, mais seulement pendant les quinze jours qu'elle avait fixés. Elle confirma sa promesse, en la réitérant, et la sérénité reparut sur son front. La Charpillon était née comédienne achevée.

Elle se leva pour s'en aller, et lui ayant demandé un baiser pour gage de notre réconciliation, elle me dit avec un sourire auquel elle savait donner le plus grand charme qu'il ne fallait pas commencer par déroger à nos conditions. Elle partit, me laissant amoureux, et par conséquent plein de repentir des procédés que j'avais eus à son égard.

Si au lieu de venir me sermonner de vive voix, cette sirène m'avait envoyé son raisonnement par écrit, il est probable que ce conte m'aurait laissé froid et que j'en aurais ri ; car dans une lettre je n'aurais vu ni ses larmes, ni ses traits ravissants, ni ses regards qui plaidaient si chaleureusement devant un juge corrompu d'avance par la passion. Elle l'avait sans doute prévu, car la femme est si instinctive, que, pour les affaires du cœur, la simple inspiration du sentiment lui en apprend plus en une minute que nous n'en apprenons en toute notre vie.

Dès le soir du même jour, je commençai mes visites, et, à l'accueil qu'on me préparait, je crus voir le triomphe de mon héroïsme.

Quel che l'uom vede, amor gli fà invisibile,
E l'invisibil fà veder amore [1].

Je passai les quinze jours sans lui prendre la main pour la lui baiser, et je n'entrai pas une fois chez elle sans lui porter un présent de prix qu'elle me rendait inappréciable par les grâces enchanteresses et par le semblant d'une reconnaissance sans bornes. Outre cela, pour me rendre le temps plus court, chaque jour quelque partie de plaisir aux environs de Londres ou le spectacle étaient à l'ordre du jour. Je puis compter que ces quinze jours de folies me coûtèrent au moins quatre cents guinées.

Le dernier jour étant arrivé, je lui demandai, sa mère étant présente, si elle voulait que ce fût chez elle ou chez moi que nous passassions la nuit. La mère me dit que nous déciderions cela après souper. Je ne fis point d'objection, ne voulant pas lui dire que chez moi le souper serait plus délicat, plus succulent, et par conséquent plus fait pour le genre de combat que je m'attendais à livrer.

Quand nous eûmes soupé, la mère me prit à part, me dit de partir avec la compagnie et de revenir après.

Quoique riant en moi-même de cet inutile mystère, j'obéis, et, quand je fus de retour, je me trouvai dans le parloir avec la mère et la fille et un lit dressé sur le plancher.

Quoique cet appareil fût peu de mon goût, j'étais assez amoureux pour m'en contenter, et je me crus enfin hors du danger de toute déception ; cependant je

---

1. « Ce que l'homme voit, l'amour le lui rend invisible, / Et lui rend visible ce qui ne l'est pas » (l'Arioste, *Roland furieux*, chant I, str. 56).

fus fort étonné quand la mère, en me souhaitant la bonne nuit, me demanda si je voulais payer les cent guinées d'avance. « Fi donc ! » s'écria la fille. Et la mère partit.

Nous nous enfermâmes.

C'était l'instant où mon amour, si longtemps muselé contre mes habitudes, devait enfin sortir d'esclavage. Je l'approche donc à bras ouverts ; mais, quoique avec douceur, elle se dérobe à mes caresses, en me priant d'aller me coucher le premier, tandis qu'elle allait se préparer pour me suivre.

Me résignant à sa volonté, je me déshabille et me couche brûlant d'amour. Je la vois se déshabiller avec délice ; mais, quand elle eut fini, elle éteignit les bougies. Me plaignant de ce procédé, elle me dit qu'elle ne pouvait point dormir à la lumière. Dans cet instant, sachant que la honte ne pouvait être pour rien dans ce caprice, je commençai à soupçonner les difficultés qu'elle pourrait m'opposer pour aiguiser le plaisir ; mais, poussant la résignation à l'extrême, je me flattai de les vaincre.

Dès que je la sens couchée, je m'approche d'elle pour la serrer dans mes bras ; mais je la trouve accroupie et enveloppée dans sa longue chemise, les bras croisés et la tête enfoncée dans la poitrine. Dans cette position, j'eus beau prier, gronder, pester ; elle me laissa dire sans proférer une parole.

Je crus d'abord ce jeu une plaisanterie, mais je me convainquis bientôt que ce n'en était pas une, et je reconnus que j'étais dupe, sot et vil à mes propres yeux, et d'autant plus que je m'étais avili pour une abominable prostituée.

Dans une position pareille, l'amour se change facilement en rage. Je la pris comme un ballot, je la roulai, la heurtai ; mais en vain ; elle résistait et ne disait mot. Voyant que la chemise faisait sa plus grande force, je parvins à la lui déchirer jusqu'au bas du dos, mais je ne pus l'en dépouiller tout à fait. Ma rage grandissant avec les difficultés, mes mains devinrent des griffes, et je ne lui épargnai point les traitements les plus inhumains ; je ne vins à bout de rien. Je me déterminai à la laisser quand, sentant ma main sur sa gorge, je fus tenté de l'étrangler.

Nuit cruelle, nuit désolante pendant laquelle je parlai au monstre sur tous les tons ; douceur, colère, raison, remontrances, menaces, rage, désespoir, prières, larmes, bassesses et injures atroces. Elle me résista trois heures entières, sans jamais me répondre, sans jamais sortir de sa pénible posture, malgré les mauvais traitements que je lui fis endurer.

A trois heures du matin, sentant ma tête en flammes, mon corps souillé, abattu, mon esprit avili, je pris le parti de m'habiller à tâtons. Ayant ensuite ouvert la porte du parloir et trouvant fermée celle de la rue, je fis du bruit et une servante vint me l'ouvrir. Je rentrai chez moi et me couchai ; mais la nature irritée me refusa le repos qui m'était nécessaire. Ayant pris une tasse de chocolat, je ne pus la digérer, et bientôt après des frissons m'annoncèrent la fièvre qui ne me quitta que le lendemain, en me laissant perclus de tous mes membres.

Obligé de garder le lit pendant quelques jours, je savais que je ne tarderais pas à recouvrer la plénitude de ma santé ; mais ce qui répandait un baume dans toutes mes veines, c'était la certitude d'être enfin guéri de ma folie, puisque mon esprit n'était occupé d'aucun projet de vengeance. La honte m'avait rendu en horreur à moi-même.

Le matin même où la fièvre m'avait pris, j'avais ordonné à mon domestique de fermer ma porte à tout le monde, de ne m'annoncer personne et de mettre dans mon secrétaire toutes les lettres qui me viendraient, ne voulant m'occuper de rien avant d'être entièrement rétabli.

Le quatrième jour, me sentant bien, je dis à Jarbe de me donner mes lettres. [...]

Dans les lettres de Londres, j'en trouvai deux de l'infâme mère de l'infâme Charpillon, et une d'elle-même. [Dans] la première, écrite le matin même de l'affreuse nuit, la mère, ne sachant pas que j'étais malade, me disait que sa fille était au lit avec une forte fièvre et couverte de meurtrissures résultant des coups que je lui avais donnés, ce qui l'obligeait à m'attaquer en justice. Dans la seconde lettre écrite le lendemain, elle me disait qu'elle avait appris que j'étais malade comme sa fille, et qu'elle en était fâchée, parce que sa fille lui avait avoué que je pouvais avoir des raisons de me plaindre d'elle, mais qu'elle se justifierait à notre première entrevue. La lettre de la Charpillon était écrite le lendemain, elle me disait qu'elle reconnaissait si bien son tort, qu'elle s'étonnait que je ne l'eusse pas tuée quand je l'avais saisie à la gorge, et elle me jurait qu'elle ne s'y serait point opposée, car tel était son devoir dans l'affreuse alternative où elle s'était trouvée. Elle ajoutait que, bien sûre que j'étais déterminé à ne plus aller chez elle, elle me suppliait de la recevoir chez moi une seule fois, étant pressée de me faire savoir quelque chose qui m'intéresserait et qu'elle ne pouvait me communiquer que de vive voix. [...]

La Charpillon, s'étant morfondue à attendre une réponse à sa lettre, voyant quinze jours de passés sans entendre parler de moi, se résolut à revenir à la charge. Ce fut sans doute le résultat d'un conciliabule très secret, car Goudar ne m'en avait rien dit.

Elle vint chez moi, seule et en chaise à porteurs, ce qui me décida à la recevoir. Je prenais mon chocolat, et la reçus sans me lever et sans lui offrir à déjeuner. Elle m'en demanda d'un air modeste, et s'assit auprès de moi, en avançant sa figure pour que je l'embrassasse ; ce qu'elle n'avait jamais fait. Je détournai la tête ; mais ce refus inouï ne la déconcerta point.

« Ce sont, sans doute, me dit-elle, les marques encore trop visibles des coups que vous m'avez donnés qui vous rendent ma figure repoussante.

— Vous mentez, je ne vous ai pas frappée.

— C'est égal ; vos doigts de tigre ont laissé des contusions sur tout mon corps. Voyez, car vous ne risquez pas que ce que je vous montre puisse vous séduire. D'ailleurs, rien pour vous n'est nouveau. »

En disant cela, la scélérate se découvre et montre à

mes regards toute la superficie de son corps, où l'on voyait encore quelques taches livides, malgré leur vieillesse.

Lâche ! pourquoi n'ai-je pas détourné les yeux ! Pourquoi ? Je vais vous le dire, lecteur ; parce qu'elle était belle, parce que j'aimais ses charmes, et parce qu'enfin les charmes ne mériteraient pas leur nom, s'ils n'avaient la puissance d'imposer silence à la raison. J'affectais de ne regarder que les taches, mais que je devais avoir l'air ridicule ! J'en rougis. Une petite fille, bien ignorante, qui n'avait pas, comme moi, dévoré la poussière des vieux livres, une simple fille en savait plus que moi. Oui, elle savait que j'aspirais le poison par tous les pores. Tout à coup, me supposant assez imbu du venin des désirs ardents, elle se rajuste et vient se rasseoir à mon côté, persuadée que j'aurais voulu qu'elle continuât cet enivrant spectacle.

Me domptant cependant de mon mieux, je lui dis froidement que je ne lui avais fait tant de mal que par sa faute, et que c'était si vrai, que je ne pourrais pas jurer d'en avoir été l'auteur.

« Je sais, me dit-elle, que tout a été par ma faute, car si j'avais été docile, comme je l'aurais dû, vous auriez été tendre au lieu d'être cruel. Mais le repentir efface l'offense, et je viens vous demander pardon. Puis-je l'espérer ?

— Je ne saurais vous le refuser, et je ne vous en veux plus ; je n'ai d'autre regret que de ne pouvoir me pardonner moi-même. Mais actuellement vous pouvez vous en aller et cesser de compter sur moi ; j'espère que vous ne chercherez plus à troubler mon repos à l'avenir.

— Ce sera comme vous voudrez, mais vous ne savez pas tout, et je vous prie de m'entendre un instant.

— Comme je n'ai rien à faire, vous pouvez rester et parler ; je vous écouterai. »

Malgré le rôle orgueilleux et fier que la raison et l'honneur me forçaient à jouer, j'étais extrêmement ému, et ce qu'il y a de pis, c'est que je me sentais enclin à croire que cette fille n'était venue à moi de

nouveau que parce qu'elle désirait enfin de mériter que
je devinsse son ami et son amant.

Ce qu'elle avait à me dire aurait pu être dit en un
quart d'heure, mais les digressions, les larmes, les
redites adroites, bref elle mit deux heures à me dire
que sa mère lui avait fait jurer sur son âme de passer
la nuit avec moi comme elle l'avait fait. Finissant par
me dire qu'elle voulait finir d'être esclave, elle me proposa d'être à moi comme elle avait été à M. de Morosini, demeurant avec moi, ne voyant plus sa mère ni
aucun de ses parents, et n'allant que là où je voudrais
bien la mener ; mais lui assignant une somme par mois,
qu'elle ferait tenir à sa mère, pour qu'elle ne s'avisât
point de l'inquiéter par la justice, n'étant pas encore
dans l'âge de se déclarer indépendante.

Elle dîna avec moi, et ce fut le soir qu'elle me fit
cette proposition, quand, redevenu calme, elle me
jugea disposé à me laisser duper de nouveau. Je lui dis
que nous pourrions vivre ensemble, comme elle me le
proposait, mais que je voulais conclure avec sa mère,
et que dans cette intention, elle me verrait dès le jour
suivant chez elle. Cette déclaration parut la surprendre.

Il est présumable que ce jour-là la Charpillon m'aurait accordé tout ce que j'aurais pu désirer, et alors il
n'aurait plus été question de résistance ni de déception
pour l'avenir. Pourquoi donc n'ai-je pas tout demandé ? Parce que l'amour qui rend habile, produit parfois
l'effet contraire ; parce que je me suis figuré qu'étant
en quelque sorte devenu ce jour-là le juge de la scélérate, il y aurait eu de la bassesse à moi de me venger
en satisfaisant mes désirs amoureux ; et peut-être aussi,
lecteur, parce que dans ce moment je fus un sot,
comme je l'ai été maintes fois dans ma vie.

La Charpillon dut me quitter irritée, et sans doute
déterminée à se venger de l'espèce de mépris que
j'avais fait ce jour-là de sa personne.

Goudar fut fort surpris quand, le lendemain, je l'in-
formai de la visite et du pitoyable emploi de ma journée. Je le priai de me procurer une petite maison
meublée, comme il l'avait fait à Morosini, et le soir

j'allai voir la perfide chez elle, mais monté sur le ton sérieux dont elle dut apprécier tout le ridicule.

Comme elle se trouvait seule avec sa mère, je me hâtai de débiter mon projet.

« Une maison à Chelsea, dis-je à la mère ; votre fille ira l'habiter et dont je serai le maître, puis cinquante guinées par mois dont elle fera l'usage que bon lui semblera.

— Je ne veux rien savoir, dit la mère, de ce que vous lui donnerez par mois ; mais je veux qu'en sortant de mes mains pour aller demeurer ailleurs, elle me donne cent guinées qu'elle aurait dû recevoir de vous quand vous avez passé la nuit avec elle.

— Quoique ce soit votre faute, si elle ne les a pas eues, pour trancher court, elle vous les donnera.

— En attendant que vous ayez trouvé la maison, me dit la fille, j'espère que vous viendrez me voir.

— Oui. »

Dès le lendemain, Goudar me mena voir une jolie demeure à Chelsea, et je la louai, donnant dix guinées d'avance pour un mois, après avoir fait mes conditions et retiré quittance. Dans l'après-midi j'allai conclure le marché avec la mère, en présence de la fille, étant prête à me suivre ; la mère me demande les cent guinées, et je les lui donne, ne craignant pas qu'elle me trompât car j'avais déjà chez moi tout le petit trousseau de la fille.

Nous partons, et nous voilà à Chelsea. La Charpillon ayant trouvé la maison parfaitement à son goût, nous fîmes un tour de promenade, ensuite nous soupâmes gaiement. Après le souper, nous allâmes nous coucher, et d'abord elle m'accorda des caresses et des faveurs préliminaires ; mais quand je voulus aller au but final, je trouvai un obstacle auquel je ne m'attendais pas. Elle m'allégua des raisons naturelles ; mais, n'étant pas homme à m'arrêter pour si peu, je voulus passer outre ; ce fut en vain, elle résista, mais d'une manière si douce et si caressante, que je pris le parti de m'endormir.

M'étant éveillé plus tôt qu'elle, je voulus m'assurer si elle m'en avait imposé, et l'ayant découverte avec précaution, je détache le linge et je vois qu'elle m'avait dupé de nouveau. Elle se réveilla, et voulut s'opposer ; mais il était trop tard. Cependant je lui reprochai sa supercherie avec douceur, et prêt à la lui pardonner, je me dispose à réparer le temps perdu ; mais elle le prend sur le haut ton et se fâche de ce que je l'ai surprise. Je tâche de calmer sa colère en la pressant de se rendre ; mais l'indigne créature, se prévalant de ma douceur, redouble de résistance et ne me permet de réussir à rien. Connaissant son jeu, je prends le parti de la laisser tranquille, mais en exhalant mon indignation par des épithètes dignes d'elle. L'insolente se mit d'abord à sourire avec dédain, et se dressant sur le lit, elle commença à s'habiller puis se permit les reparties les plus impertinentes. Outré du ton résolu et vulgaire qu'elle prenait, je lui lançai un vigoureux soufflet, et d'un coup de pied, je la jetai de long sur le parquet. Alors elle crie, frappe du pied, fait un tapage affreux. L'hôte monte, elle se met à lui parler anglais : le sang lui sortait du nez avec abondance.

Cet hôte, qui, pour mon bonheur, parlait italien, me dit qu'elle voulait s'en aller, et me conseilla de ne pas m'y opposer, parce qu'elle pourrait me faire une très mauvaise affaire, et qu'il serait forcé de témoigner contre moi. [...]

Je passai vingt-quatre heures en réflexions amères, et la raison se faisant jour un moment, je finis par convenir de mes torts et par me trouver méprisable à mes propres yeux. Du sentiment auquel j'étais en proie, il n'y a qu'un pas jusqu'au suicide. Ce pas, je ne le fis pas, et je fis bien.

J'étais sur le pas de ma porte quand Goudar vint à moi et me fit rentrer, ayant à me parler d'une affaire d'importance. Après m'avoir dit que la Charpillon était chez elle avec une joue très enflée qui l'empêchait de se montrer, il me conseilla d'abandonner toutes mes prétentions sur elle ou sur la mère, ou elle était déterminée à me ruiner par une calomnie qui pouvait me coûter la vie. Ceux qui connaissent l'Angleterre et Londres surtout n'ont pas besoin que je leur dise de quelle nature devait être cette calomnie, si facile à faire prévaloir parmi les Anglais, et dont le fait causa jadis la ruine de Sodome. « Je suis, me dit Goudar, engagé par la mère, qui ne veut point vous faire de mal, si vous la laissez tranquille, à m'établir médiateur. »

Après avoir passé la journée avec ce médiateur, et m'être répandu en plaintes comme un sot, je lui dis qu'il pouvait porter mon désistement à la mère, mais que je serais jaloux de savoir si elle et sa fille auraient le courage d'en recevoir l'assurance de ma bouche.

« Je m'en charge, me dit-il, mais je vous plains, car vous allez vous remettre dans leurs filets, et elles vous anéantiront sans vous contenter. Vous me faites pitié. »

Je me figurais que ces deux créatures n'auraient point le courage de me recevoir ; mais je les connaissais peu ; car Goudar vint me dire en riant que la mère espérait que je serais toujours l'ami de la maison. J'aurais, je crois, voulu être refusé, car je ne désirais plus voir cette malheureuse qui me mettait si mal avec moi-même, mais je n'eus pas la force d'agir en homme et de profiter du seul avantage que me laissât leur avidité. Je me rendis chez elle vers le soir, et je passai une heure, sans prononcer une syllabe, face à face avec la Charpillon, qui tenait ses regards fixés sur une broderie, faisant semblant de temps en temps d'essuyer une larme et développant parfois sa tête pour me laisser contempler les ravages que j'avais faits sur sa joue.

Je continuai à la voir chaque jour, et toujours à la muette [1], jusqu'à ce que le stigmate du fatal soufflet fût tout à fait disparu ; mais pendant ces folles visites le poison des désirs me pénétra si complètement que si elle avait deviné mon état, elle aurait pu me dépouiller de tout ce que je possédais pour une seule faveur.

La revoyant devenue belle, et mourant de désir de la revoir entre mes bras, douce et caressante comme je l'avais eue, quoique imparfaitement, j'achetai un superbe trumeau et un magnifique déjeuner de porcelaine de Saxe, et je les lui envoyai avec un billet amou-

---

1. Sans faire de bruit.

reux, qui dut me montrer à ses yeux, ou comme le plus extravagant ou comme le plus lâche des hommes. Elle me répondit qu'elle m'attendait à souper tête à tête dans sa chambre, pour me donner, comme je les méritais, les plus tendres marques de reconnaissance.

Cette lettre acheva si bien de me faire perdre la tête, que dans un paroxysme d'enthousiasme je pris la résolution de lui confier les deux lettres de change de six mille francs que Bolomé avait passées à mon ordre, et qui me donnaient le droit de faire mettre en prison la mère et les tantes.

Enchanté du bonheur qui m'attendait et ravi de le mériter par le sot héroïsme dont j'allais donner une si belle preuve à la Charpillon, je me rendis chez elle à l'heure du souper. Elle me reçut dans le parloir avec sa mère, et je vis avec joie le trumeau étalé sur la cheminée, et le service de porcelaine placé en bon ordre sur un guéridon. Après cent expressions pleines de tendresse, elle m'invita à monter dans sa chambre, et sa mère nous souhaita une bonne nuit. J'étais au comble de la joie. Après un petit souper friand, je tirai de mon portefeuille les deux lettres de change, dont je lui contai l'histoire, lui disant que je les déposais entre ses mains pour les passer à son ordre dès qu'elle m'aurait traité en amant privilégié, et pour lui prouver que je ne pensais nullement à me venger de sa mère et de ses tantes. Je l'obligeai seulement à me promettre de ne point s'en dessaisir. Elle les prit avec reconnaissance, faisant l'éloge de la noblesse de mes procédés, et après m'avoir tout promis, elle les enferma soigneusement dans sa cassette.

Alors je crus pouvoir commencer à lui donner des marques de ma passion, et je la trouvai douce ; mais quand j'en fus à vouloir cueillir la pomme, elle me serra fortement dans ses bras, croisa ses jambes et se mit à pleurer à chaudes larmes.

Faisant un effort sur moi-même, je me possède, et lui demande, si, lorsque nous serions couchés, elle changerait de conduite. Elle soupire, et après un moment de silence, elle me répondit que non. Cette réponse me pétrifia. Je fus plus d'un quart d'heure sans faire un mouvement, sans prononcer une parole. Je me levai avec une tranquillité apparente, et je pris mon manteau et mon épée.

« Quoi ! me dit-elle, vous ne voulez pas passer la nuit avec moi ?

— Non.

— Nous verrons-nous demain ?

— Je l'espère. Adieu. »

Je sortis de cet enfer et j'allai me coucher[1].

Le lendemain, vers les huit heures, Jarbe vint m'annoncer la Charpillon, en me disant qu'elle avait renvoyé ses porteurs.

« Dis-lui que je ne veux pas la recevoir. »

Mais au moment où j'achevais ces mots, elle entra, et Jarbe sortit.

« Je vous prie, lui dis-je de l'air le plus calme qu'il me fut possible de feindre, de me rendre les deux traites que je vous ai confiées hier soir.

— Je ne les ai pas sur moi ; mais pourquoi voulez-vous que je vous les rende ? »

A cette question, ma bile s'échauffant, je rompis la digue, et ma rage se répandit en flots d'invectives. C'était une explosion dont ma nature avait besoin pour reprendre son équilibre, et qui se termina par une effusion de larmes involontaires et dont ma raison était confuse. Quant à l'infâme séductrice, calme comme l'innocence, elle saisit l'instant où, suffoqué par les sanglots, j'étais incapable de proférer une parole, pour me dire qu'elle n'avait été cruelle que parce qu'elle avait fait à sa mère le serment de ne jamais se livrer à personne dans sa propre maison, et qu'elle n'était venue me trouver en ce moment que pour me convaincre de sa tendresse, en se livrant à moi sans réserve, et pour ne plus sortir de chez moi, si je voulais la garder. [...]

----

1. Ici se situe le passage du chapitre XV au chapitre XVI qui s'intitule : *Suite du précédent, mais bien plus singulier.*

Quand dans un pareil moment la Charpillon venait se mettre à ma disposition, elle savait bien que ma colère ou mon orgueil blessé m'empêcherait de la prendre au mot, et cette science, qui chez vous, lecteur, peut être fille de la philosophie, dans l'âme d'une coquette libertine, était fille de la nature. L'instinct, sous ce rapport, en apprend plus aux femmes que la science et l'expérience ne peuvent enseigner aux hommes.

Vers le soir, le jeune monstre me quitta, affectant un air mortifié, triste, abattu, et ne me disant que ce peu de mots :

« J'espère que vous reviendrez à moi dès que vous serez revenu à vous-même. »

Elle avait passé avec moi huit heures, pendant lesquelles elle ne m'interrompit que pour me nier des suppositions vraies, mais qu'il lui importait de ne point me passer. Je n'avais rien pris de toute la journée, mais c'était pour n'être pas forcé de lui offrir quelque chose et de manger avec elle.

Après son départ, je pris un bouillon ; puis, m'étant recouché, j'eus un sommeil très calme, et à mon réveil je me sentis tout à fait dans mon état naturel. Réfléchissant alors à la scène de la veille, je crus la Charpillon repentante, mais il me semblait que j'étais devenu indifférent à tout ce qui la concernait. [...]

M. Malingan, le même chez lequel j'avais fait la malheureuse connaissance de cette infernale créature, vint me prier à dîner. Il m'avait déjà invité plusieurs fois, et je crus ne pouvoir toujours lui refuser. Je n'acceptai pourtant qu'après m'être fait nommer les personnes qu'il avait invitées ; et comme il n'y en avait aucune de ma connaissance, je n'eus point d'objection.

Je trouvai chez lui deux jeunes Liégeoises, dont l'une m'intéressa de prime abord, et qui me présenta son mari, que Malingan ne m'avait point présenté, et un autre jeune homme qui paraissait faire la cour à l'autre dame, qu'elle me dit être sa cousine.

La compagnie se trouvant de mon goût, j'espérais passer une belle journée, quand mon mauvais génie amena la Charpillon. Elle entra de l'air le plus gai, et s'adressant à Malingan :

« Je ne serais pas venue vous demander à dîner, lui dit-elle, si j'avais su que vous eussiez si nombreuse compagnie : si je pouvais vous gêner, je m'en irais. »

Tout le monde lui fit fête, moi excepté, car j'étais au supplice. Par excès de contrariété, on la plaça à ma gauche.

Si elle fût venue avant d'être assis à table, j'aurais aisément trouvé un prétexte pour me dispenser de rester ; mais ayant déjà commencé ma soupe, m'en aller eût été me couvrir de ridicule. Je pris le parti de ne point la regarder, réservant toutes mes prévenances pour la jeune dame que j'avais à ma droite. Quand nous fûmes levés de table, Malingan me jura sur son honneur qu'il n'avait point invité la Charpillon ; mais ses serments ne me convainquirent point, quoique, par politesse, je fisse semblant de le croire.

Les deux Liégeoises et leurs messieurs devaient s'embarquer pour Ostende dans trois ou quatre jours, et en parlant de leur départ, celle qui m'avait intéressé dit qu'elle était fâchée de quitter l'Angleterre, sans avoir vu Richmond[1]. Je la priai de m'accorder l'honneur de le lui faire voir le lendemain, et sans attendre qu'elle me répondît, j'invitai son mari, et successivement toute la compagnie, moins la Charpillon que j'affectai de ne pas regarder.

L'invitation étant acceptée :

« Deux voitures à quatre places, dis-je, seront prêtes à huit heures, et précisément nous sommes huit.

— Nous sommes neuf, car j'en serai, s'écrie la Charpillon en me fixant de l'air le plus effronté ; et j'espère, Monsieur, que vous ne me chasserez pas.

— Non, parce que cela serait impoli, et je vous précéderai à cheval.

— Oh ! point du tout ; car je prendrai sur mes genoux Mlle Émilie. »

C'était la fille de Malingan, et tout le monde trou-

---

1. Sur les bords de la Tamise, parc et château du XIVe siècle.

vant la chose charmante, je n'eus pas le courage de résister. Quelques instants après, ayant eu besoin de sortir, à mon retour, je trouvai l'indigne créature sur le palier, et elle m'apostropha en me disant que je venais de lui faire un sanglant outrage, que je lui devais une réparation ou qu'elle se vengerait d'une façon qui me serait sensible.

« Commencez, lui dis-je, par me remettre mes traites.

— Vous les aurez demain, mais pensez à me faire oublier votre injure. »

Je quittai la compagnie vers le soir, en convenant que le lendemain nous déjeunerions avant de partir.

A huit heures du matin, les deux voitures étant présentes, Malingan, sa femme, sa fille et les deux messieurs montèrent dans la première, et je dus monter dans la seconde avec les deux Liégeoises et la Charpillon, qui paraissait avoir contracté avec les deux autres une amitié intime. Cela me donna de l'humeur, et je fus maussade tout le long de la route, que nous fîmes en cinq quarts d'heure. J'ordonnai d'abord un bon dîner, puis nous allâmes voir les appartements et les jardins : la journée était superbe, quoique nous fussions en automne.

Pendant la promenade la Charpillon s'approcha de moi, et me dit qu'elle voulait me rendre mes traites au lieu même où je les lui avais données. Comme nous nous trouvions assez loin du reste de la société, je l'accablai d'injures, lui reprochant sa perfidie, sa profonde corruption dans un âge où l'on devrait supposer encore quelque candeur naturelle, la nommant par le nom qu'elle méritait en lui rappelant ceux avec lesquels elle s'était prostituée. Enfin je la menaçai de ma vengeance, si elle me poussait à bout. Mais elle était ferrée à glace [1], et opposait un calme plat à l'orage d'invectives que je faisais pleuvoir à ses oreilles. Cependant, la société se trouvant alors assez près pour m'entendre,

---

1. Fort capable de se défendre.

elle me pria de parler plus bas : mais on m'entendait
et j'en étais bien aise.

Enfin nous allâmes dîner, et cette indigne créature,
s'étant ménagé une place près de moi, fit et dit mille
folies calculées pour faire croire que nous étions sur le
pied de la plus parfaite intimité, ou qu'au moins elle
était amoureuse de moi, ne se souciant point qu'on pût
la croire malheureuse du peu de cas que je paraissais
faire de ses avances. J'éprouvais un violent dépit, car
la société devait juger que j'étais un sot, ou qu'elle se
moquait ouvertement de moi.

Après avoir dîné, nous retournâmes au jardin, et la
Charpillon, obstinée à vouloir remporter la victoire,
s'attacha à mon bras, et après plusieurs détours, elle
me conduisit au labyrinthe, où elle voulut faire une
expérience de son pouvoir. Là, après m'avoir entraîné
sur l'herbe, elle m'attaqua par les paroles les plus insi-
dieuses de l'amour, par les caresses les plus tendres et
les plus passionnées, et développant à mes regards la
plus intéressante partie de ses charmes, elle parvint à
me séduire : cependant je ne saurais décider si ce fut
l'amour ou le désir de la vengeance qui me détermina
à me rendre ; il est possible qu'à mon insu il y eut de
l'un et de l'autre.

Au reste, tout en elle paraissait dans ce moment si
disposé à l'abandon ! sa prunelle ardente et humide,
ses joues enflammées, ses baisers lascifs, sa gorge gon-
flée et son haleine précipitée, tout devait me faire penser que le besoin de la défaite était aussi impérieux en
elle que l'était en moi le besoin du triomphe ; et certes
rien ne devait m'inspirer la crainte de la résistance, et
d'une résistance calculée d'avance.

Dans cette idée, je deviens doux, tendre ; je me
rétracte, lui demandant pardon, rejetant ma fureur et
mes torts sur l'excès de mon amour... Ses baisers de
feu répondant aux miens, et scellant la réconciliation,
je crois invité par ses regards et par la douce pres-
sion de son corps à cueillir la palme des plus douces
faveurs ; ... mais à l'instant où ma main entrouvrait la

porte du sanctuaire, un mouvement me remet à cent lieues du but.

« Comment ! veux-tu encore me tromper ?

— Non, mais en voilà assez, mon cher ami. Je te promets de passer la nuit dans tes bras, chez toi, et, sans réserve. »

Mes sens en tumulte avaient chassé ma raison, et je ne me possédais plus. Je ne voyais que la perfide qui s'était tant de fois déjà jouée de ma sotte crédulité : je voulais profiter du moment et me satisfaire ou me venger. Ainsi, la tenant immobile sous moi avec mon bras gauche, je tire de ma poche un petit couteau, que j'ouvre au moyen de mes dents, et lui en appliquant la pointe sur le cou, je la menace de la mort si elle oppose la moindre résistance.

« Faites tout ce que vous voudrez, me dit-elle du ton le plus calme ; je ne vous demande que la vie ; mais après que vous vous serez satisfait, je ne sortirai pas d'ici, on ne me portera dans la voiture que par force, et rien ne m'empêchera de dire pourquoi. »

Cette menace était inutile, car j'avais déjà retrouvé ma raison, et je me faisais pitié de pouvoir m'abaisser si bas pour une créature que je méprisais souverainement, malgré l'ascendant presque magique qu'elle exerçait sur moi par les désirs furieux qu'elle savait m'inspirer. Je me levai sans proférer un seul mot, et après avoir pris mon chapeau et ma canne, je me hâtai de sortir d'un endroit où la passion la plus effrénée m'avait mis à deux doigts de ma perte.

Mes lecteurs ne pourront le croire, et c'est pourtant la plus exacte vérité, l'effrontée se hâta de me rejoindre, et s'attacha à mon bras d'un air aussi naturel que si rien ne se fût passé entre nous. Il est impossible qu'une fille de dix-sept ans soit stylée à ce manège infâme, sans avoir éprouvé ses forces en cent combats de ce genre. Une fois le sentiment de la honte vaincu, elle finit par se faire un fond de gloire de ce qui la couvre d'infamie. Quand nous rejoignîmes la société, on me demanda si je m'étais trouvé mal, et personne ne remarqua la moindre altération sur ses traits.

Nous retournâmes à Londres, et, prétextant un violent mal de tête, je saluai la compagnie et rentrai chez moi.

Cette aventure avait fait une terrible impression sur mon esprit, et je reconnus jusqu'à l'évidence que, si je ne fuyais pas les occasions de me trouver avec cette fille j'étais un homme perdu. Elle avait à mes yeux ce je ne sais quoi de prestigieux auquel je ne pouvais résister. Je pris donc la résolution de ne plus la voir ; mais, honteux de la faiblesse que j'avais eue de lui confier mes deux traites et de m'être si souvent laissé tromper, j'écrivis à la mère un billet dans lequel je lui conseillais d'obliger sa fille à me les remettre, la menaçant, dans le cas contraire, à une démarche qui lui ferait de la peine.

Dans l'après-midi, je reçus cette réponse :

« Je suis fort surprise, Monsieur, que vous vous adressiez à moi pour ravoir les deux lettres de six mille livres que vous avez confiées à ma fille. Elle vient de me dire qu'elle vous les remettra en personne, quand vous serez plus sage, et que vous aurez appris à la respecter. »

A la lecture de cet impertinent billet, le feu me monta à la tête au point que j'en oubliai ma résolution du matin. Je mis deux pistolets dans mes poches et je m'acheminai vers la demeure de l'indigne femelle pour l'obliger à coups de canne de me rendre les traites.

Je n'avais pris mes pistolets que pour tenir en respect les deux fripons qui soupaient tous les jours chez elle. J'y arrive furieux, mais je dépasse la porte, en voyant entrer un jeune perruquier, assez beau jeune homme, qui allait lui mettre des papillotes[1] tous les samedis soir.

Voulant éviter la présence d'un étranger dans la scène que je préméditais, je filai jusqu'au coin de la rue, où je m'arrêtai pour épier la sortie du coiffeur. J'attendais depuis une demi-heure, quand je vis Rostaing et Caumon, les deux souteneurs de la maison, et

---

1. Bigoudis de papier.

j'en fus bien aise. J'attends encore ; onze heures son-
nent et le beau friseur ne sort pas. Un peu avant minuit,
je vis la porte s'ouvrir et une servante en sortir avec
une lumière à la main pour chercher quelque chose qui
devait être tombé d'une fenêtre. Je m'approche sans
bruit, j'entre et j'ouvre la porte du parloir qui était à
deux pas de celle de la rue, et je vois... la Charpillon
et le coiffeur étendus sur un canapé, et faisant, comme
dit Shakespeare, la *bête à deux dos*.

A mon apparition, la coquine, effrayée, pousse un
cri, désarçonne le drôle qui se hâte de se rajuster, et
que je me mets à rosser à coups de canne redoublés,
jusqu'à ce que, le bruit ayant attiré les servantes, les
tantes, la mère, il profita de la confusion pour s'esqui-
ver. Pendant cette bagarre, la Charpillon, tremblante,
demi-nue, se tenait accroupie derrière le canapé, sans
souffler, et n'osant affronter la grêle qui pouvait tomber sur elle comme sur son mignon. Cependant, les
trois vieilles se déchaînent contre moi comme des
furies ; mais leurs injures ne faisant qu'irriter ma
colère, je casse le trumeau, les porcelaines, et je brise
les meubles ; puis, leurs cris continuant toujours, je me
tourne contre elles, les menaçant de leur casser la tête,
si elles ne cessent de m'étourdir. Mes menaces ramè-
nent le calme.

M'étant jeté sur le fatal canapé, n'en pouvant plus,
j'ordonne à la mère de me rendre les lettres de change.
[...]

« Hélas ! je ne les ai pas, c'est ma fille qui les garde.
— Faites-la appeler. »

Les deux servantes dirent alors que pendant que je
brisais les porcelaines, elle s'était sauvée par la porte
de la rue, et qu'elles ignoraient où elle était allée. A
ces mots, voilà la mère et les tantes qui se mettent à
crier et à verser des larmes : « A minuit, ma pauvre
fille, seule dans les rues de Londres ! ma chère nièce,
dans l'état où elle est, la pauvre enfant, elle est perdue !
Maudit soit le moment où vous êtes venu en Angleterre
pour nous rendre toutes malheureuses ! »

Ma fureur avait eu le temps de se calmer, parce qu'elle

avait trouvé à se déborder, et le calme ayant ramené la réflexion, je frémis en me figurant cette jeune fille épouvantée courant seule à cette heure dans les rues de cette vaste cité. « Allez, dis-je aux deux servantes, allez la chercher chez les voisins ; vous la trouverez sans doute. Quand vous viendrez m'annoncer qu'elle est en sûreté, vous aurez chacune une guinée. »

Quand les trois Gorgones [1] me virent intéressé à la recherche de la Charpillon, leurs plaintes, leurs reproches et leurs invectives recommencèrent des plus belles ; et moi, muet, immobile, j'avais l'air de leur dire qu'elles avaient raison, et que tout le tort était de mon côté. J'attendais avec impatience le retour des servantes. Elles arrivèrent enfin à une heure après minuit, tout essoufflées et avec l'air désespéré. « Nous l'avons cherchée partout, dirent-elles, mais vainement ; nous ne l'avons trouvée nulle part. » Je leur donnai deux guinées, comme si elles l'avaient ramenée, et je demeure immobile, effrayé, considérant de quelle affreuse conséquence pouvait être, pour la perte de cette fille, l'horrible peur que ma fureur devait lui avoir causée. Que l'homme est faible et sot quand il est amoureux !

Extrêmement affecté de ce funeste événement, je fus assez simple pour exprimer mon repentir à ces coquines. Je les conjurai de la faire chercher partout dès que le jour paraîtrait, et de me faire savoir son retour, pour que je pusse courir à ses pieds lui demander pardon, et ne la revoir ensuite de toute ma vie. Je leur promis en outre de payer tout ce que j'avais abîmé, et de leur abandonner mes lettres de change en signant l'acquit de mon nom. Après ces actes, faits à la honte éternelle de ma raison, après cette amende honorable faite à des proxénètes qui se moquaient de l'honneur et de moi, je partis, promettant deux guinées à la servante qui viendrait m'annoncer que sa jeune maîtresse était retrouvée.

En sortant, je trouvai à la porte le *watchman* [2] qui

---

1. Les Gorgones, qui changeaient en pierre ceux qui les fixaient, sont en effet trois sœurs : Sthéno, Euryalé et Méduse. 2. Gardien.

m'attendait pour me conduire chez moi. Il était deux heures. Je me jetai sur mon lit où six heures de sommeil, quoique troublé par des rêves funestes, me préservèrent probablement de la perte de ma raison.

A huit heures du matin, j'entendis frapper, et courant à ma fenêtre, j'aperçus une servante de mes ennemies. Je criai avec un grand battement de cœur qu'on la fît entrer, et je respirai en apprenant que Miss Charpillon venait de rentrer en chaise à porteurs, et qu'on l'avait de suite mise au lit...

II. RÉCEPTION DE L'ŒUVRE

1. *Comptes rendus*

Publié en feuilleton dans *Le Journal* du 19 mai au 8 juin 1898, puis en volume au Mercure de France le 20 juin, *La Femme et le Pantin* fit l'objet de comptes rendus le plus souvent élogieux. Le 9 juillet 1898, l'article non signé que lui consacre *L'Illustration* y voit « plutôt une nouvelle qu'un roman, une grande nouvelle à la manière de *Carmen*, encore qu'on y sente aussi l'influence de quelques conteurs du XVIIIᵉ siècle. Mais ce que M. Pierre Louÿs y a mis du sien nous paraît à la fois plus réfléchi, plus sincère, et d'une humanité plus profonde que nous ne pouvions l'attendre de lui après son premier roman. Le personnage de l'amant de Concha Perez en particulier, ou si l'on préfère, du "pantin", est dessiné en quelques traits d'une sobriété et d'une précision remarquables. Et Concha Perez elle-même serait une figure d'un relief moins égal, si l'on n'avait l'impression que l'auteur l'a faite un peu trop compliquée et d'une cruauté trop subtile, comme s'il avait voulu incarner en elle son sexe tout entier. »

Philippe Gille rendit compte du livre dans *Le Figaro* du 21 juillet, et Rachilde[1] signa dans *Le Mercure de France* du mois d'août une étude beaucoup plus aiguë :

---

1. De son vrai nom Marie Eymery (1860-1953), elle était romancière mais aussi, avec son mari Alfred Valette, fondatrice en 1889 du *Mercure de France* qui allait devenir aussi une maison d'édition, qui précisément publia le roman de Louÿs.

« Ce roman est-il l'Espagne ? Je ne crois pas, car l'Espagne est une chose convenue, un article de Paris que l'on vend dans tous les bazars, rouge et jaune, avec quelques grelots en castagnettes. Louÿs a voyagé en ce pays, il y a mangé le véritable chocolat espagnol, si aphrodisiaque, et l'a dit délicatement, sans appuyer trop le coude sur un traversin. Il a trouvé un homme d'aspect rude et très galant, ils ont causé femmes et cigares, on sent qu'entre-temps l'auteur écrivit à André Lebey, lui faisant part de ses impressions, et que le camarade, en lui rendant ses lettres exquises, lui a presque fourni son volume. Cela sent toute l'intimité, la vérité, le nonchaloir du voyageur qui ne voyage pas pour d'autres que pour lui et quelques amateurs du pittoresque féminin. Ce roman n'est pas l'Espagne, c'est du Pierre Louÿs, car l'auteur d'*Aphrodite* ne touche rien qu'il ne fasse son bien et ne chante rien qui ne devienne sa note personnelle. »

En octobre, dans la bien-pensante revue *Polybiblion*, Charles Arnaud signa un éreintement assez terne, et le 15 du même mois, dans la *Revue encyclopédique*, Charles Maurras [1] consacra au roman une étude assez chaleureuse : « M. Pierre Louÿs, dans *La Femme et le Pantin*, laisse voir une grâce sèche et fine, une discrétion, une brièveté que j'oserai presque appeler Mériméenne, bien qu'il ne faille pas abuser des grands noms. Mais le ton modéré et froid, ce ton d'une politesse presque gourmée, invite encore à préciser cette analogie et peut-être cette filiation. [...] [Le roman] est, en outre, élégant, lascif et pénétré d'une taciturne tristesse où l'on sent encore frémir ces "désirs douloureux et doux" dont un chanteur gréco-syrien lui montra jadis les caprices [2]. »

---

1. Si Charles Maurras (1868-1952), antidreyfusard comme Louÿs, est aujourd'hui surtout connu comme penseur de la droite monarchiste (il fut le créateur de *L'Action française*), puis pétainiste (il fut incarcéré à la fin de la guerre), il fut également écrivain et critique littéraire.   2. Allusion à la traduction par Louÿs des poésies de Méléagre.

Henri Ghéon[1], enfin, rendit compte du livre dans *L'Ermitage* du mois de décembre : « Toute la froideur conventionnelle que le vêtement antique imposait même aux amants les plus passionnés s'évanouit ; un rayon de soleil glisse, un frisson de vie passe et c'est le croquis rapide et animé d'une danseuse espagnole très moderne qui se prête à des jeux amusants encore qu'un peu bizarres. Le sujet aurait peut-être demandé plus de développement, mais il faut prendre cela comme un épisode. J'en aime la liberté d'allure et la clarté ; le style moins figé et travaillé semble facile et reste pur. Il n'y a rien au-delà des mots mais on peut s'en tenir à eux. »

2. *Adaptations*

L'écrivain Pierre Frondaie, futur auteur de *L'Homme à l'Hispano*, proposa à Louÿs, en 1910, de porter le roman au théâtre. Peu satisfait du texte qui lui était soumis, il décida de l'améliorer lui-même. Assez médiocre, la pièce fut créée au Théâtre Antoine le 8 décembre 1910, avec Régina Badet dans le rôle de Concha et Firmin Gémier dans celui de Mateo, et ne rencontra qu'un succès limité. Signé du nom des deux auteurs, le texte fut publié l'année suivante à la Librairie des Annales.

Le livre de Pierre Louÿs a d'autre part fait l'objet de plusieurs adaptations cinématographiques :
— En 1920, *The Woman and the Puppet*. Film américain de Reginald Barker. Film muet avec Geraldine Farrar dans le rôle de Concha.
— En 1928, *La Femme et le Pantin*. Film français de Jean de Baroncelli. Scénario tiré de l'adaptation théâtrale de Frondaie. Film muet avec Conchita Monte-

---

1. De son vrai nom Henri Vangeon (1875-1944), ami de Gide, il fut romancier, poète, dramaturge (mais aussi peintre) et critique littéraire — à la *N.R.F.* en particulier.

negro dans le rôle de Concha, et Raymond Destac dans celui de don Mateo.

— En 1935, *The Devil is a Woman*. Film américain de Josef von Sternberg. Scénario de John Dos Passos, S. W. Winston et J. von Sternberg, avec Marlène Dietrich dans le rôle de Concha, Lionel Atwill dans celui de Mateo/Pasquale, et Cesar Romero dans celui de Stévenol/Antonio Galvan.

— En 1958, *La Femme et le Pantin*. Film franco-italien de Julien Duvivier. Scénario de Julien Duvivier, Jean Aurenche, Albert Valentin et Marcel Achard. Dialogues de Marcel Achard. Film en couleurs avec Brigitte Bardot dans le rôle de Concha/Eva Marchand et Antonio Vilar dans celui de don Mateo.

— En 1977, *Cet obscur objet du désir*. Film français de Luis Buñuel. Scénario de Buñuel et Jean-Claude Carrière. Film en couleurs avec Carole Bouquet et Angela Molina dans le rôle de Concha et Fernando Rey (avec la voix de Michel Piccoli) dans celui de don Mateo/Mathieu. Dès 1956, ainsi que l'atteste un entretien du 11 octobre avec Simone Dubreuilh dans *Les Lettres françaises*, Buñuel avait envisagé de mettre en chantier une adaptation du roman dès qu'il aurait « trouvé la comédienne capable de jouer le rôle principal : une petite fille sensuelle, virginale et démoniaque ».

— Il est enfin probable que *Lola, une femme allemande*, tourné par Werner Fassbinder en 1981, a pour source tout à la fois *Professor Unrath* de Heinrich Mann et *La Femme et le Pantin*.

On pourra lire à ce sujet le livre collectif consacré à *Pierre Louÿs et le cinéma*, Reims, A l'Écart, 1986.

CHRONOLOGIE[1]

1870   Le 10 décembre, naissance à Gand de Pierre-Félix Louis.

1879   En mai, mort de sa mère. Son frère Georges, jeune diplomate de vingt-trois ans plus âgé que lui, et qui, né d'un premier mariage, semble bien avoir été son véritable père, se charge désormais de son éducation.

1882   Pierre Louis entre en sixième à l'École alsacienne, à Paris. Lit Hugo : « Mon "besoin féroce" d'écrire et ma vocation viennent de là. » Écrit bientôt de nombreux vers.

1888   Commencement de son amitié avec Gide, son condisciple à l'École alsacienne, avec qui il entretiendra une importante correspondance, jusqu'à la brouille définitive de 1896.

1889   Achève sa scolarité à Janson-de-Sailly après avoir déménagé avec son frère Georges à Passy où il habitera jusqu'en 1893. Mort de son père. Il commence à signer Louys, puis Louÿs (sans qu'on doive prononcer le *s*).

1890   Étudiant en lettres et droit, il ne suit guère les cours. Commence à écrire des textes érotiques. Rencontre Paul Valéry à Montpellier, lors de la célébration du VIᵉ centenaire de l'Université : une longue amitié s'ensuivra, et une correspondance capitale. Visite à Verlaine, puis à Mallarmé dont il fréquente les mardis. Fait la connaissance de Régnier, puis de

---

1. Cette chronologie suit de près la biographie remarquablement informée de Jean-Paul Goujon (voir la Bibliographie).

Heredia. Premier grand amour pour Marie Chardon, une cousine éloignée.

1891 Louÿs fonde une revue mensuelle de poésie, *La Conque*, à laquelle il associe Valéry et Gide, et qui n'aura que onze numéros. Voyage d'été à Bayreuth. Liaison avec Lucie Delormel, jeune femme de mœurs légères. Commence à fréquenter Oscar Wilde.

1892 Publication d'*Astarté*, mince plaquette de vingt-cinq poèmes et premier livre de Louÿs. Séjour d'été à Londres où il retrouve Wilde, puis à Bayreuth. Avec Debussy, commencement d'une amitié qui prendra fin en 1904 lorsque le musicien délaissera sa femme qui tentera de se suicider.

1893 Ayant échoué à ses examens universitaires, Louÿs est contraint au service militaire. Bientôt réformé grâce aux relations de son frère, il n'aura connu la caserne que trois mois. Longue liaison avec une nouvelle jeune femme du Quartier latin, Madeleine Beaucamps. En avril, assiste, à Londres, à la première de la pièce de Wilde, *Une femme sans importance*. Séjour d'été en Bretagne chez Judith Gautier. Publication des *Poésies de Méléagre*, dont Louÿs a entrepris la traduction en 1891. Commencement d'une longue et fidèle amitié avec le jeune poète André Lebey à qui sera dédié *La Femme et le Pantin*. Publication d'un conte : *Léda ou la Louange des bienheureuses ténèbres*.

1894 Amitié avec Jean de Tinan, autre jeune poète avec qui il entretiendra une régulière correspondance jusqu'à sa mort prématurée en 1898. Parution de deux contes : *Ariane ou le Chemin de la Paix éternelle*, et *La Maison sur le Nil ou les Apparences de la Vertu*. Accompagné de son ami André Herold, Louÿs voyage pendant l'été en Algérie, à Biskra, où Gide l'a précédé, et à Constantine. Liaison avec Meryem bent Ali, dont Gide lui avait fait l'éloge et qui inspire pour une part le personnage de Bilitis dont il continue à écrire les *Chansons*. Fin d'année assombrie par les dettes que son frère l'aide à honorer.

1895   Publication des *Chansons de Bilitis*, prétendument traduites du grec. En début d'année, séjour de deux mois à Séville en compagnie d'Herold. Retour par Alger où Louÿs retrouve Gide avec qui ses relations se dégradent : il rompra définitivement l'année suivante, après que *Paludes* eut été dédié à Eugène Rouart, alors que Louÿs venait d'inscrire le nom de son ami, malgré leurs divergences croissantes, en tête de plusieurs œuvres récentes. Début d'une longue et profonde passion pour Marie, l'une des filles de Heredia, qui signera plus tard Gérard d'Houville, mais Louÿs est devancé par Régnier qui épouse la jeune fille en octobre. Condamnation de Wilde aux travaux forcés pour homosexualité : de plus en plus heurté par la liaison de son ami avec Alfred Douglas, Louÿs s'était éloigné de lui.

1896   Autour d'Henri Albert, le traducteur de Nietzsche, qui dirige la revue et de Jean de Tinan qui en est le gérant, Louÿs participe, avec Gide, Herold, Lebey, Valéry, à la création du *Centaure* qui n'eut que deux numéros (mais le second accueillit *La Soirée avec Monsieur Teste*). Publication d'*Aphrodite*, le premier roman de Louÿs. Immédiatement salué par un article très élogieux de François Coppée dans *Le Journal*, le livre rencontre un considérable succès. Liaison avec Hélène de Brancovan, sœur d'Anna de Noailles. Nouveau séjour à Séville à partir de la fin du mois d'août. Du 1er au 6 septembre, il rédige le début de *La Femme et le Pantin* qu'il intitule d'abord *La Mozita* (*La Pucelle*), puis *La Sévillane* et *L'Andalouse*. En décembre, départ pour Alger où il restera quatre mois.

1897   Louÿs fait la connaissance d'une jeune Mauresque, Zohra bent Brahim, qui devient sa maîtresse et reviendra en France avec lui en avril. A Alger, Louÿs se lie avec le jeune écrivain Augusto Gilbert de Voisins qui, en 1909-1910, accompagnera Segalen en Chine. Piquée par la présence de Zohra, Marie de Régnier, qui a toujours eu plus d'inclination pour Louÿs que pour son mari, décide de devenir sa maîtresse : un fils, Pierre de Régnier, naît bientôt de cette union. A l'annonce de sa future paternité, Louÿs part pour Le Caire où son frère est en poste tandis que Zohra rentre à Alger. Debussy commence à composer ses *Trois Chansons de Bilitis* tandis que le livre de Louÿs reparaît dans une nouvelle édition, remaniée et très augmentée.

1898 Séjourne au Caire pendant quatre mois. Du 23 mars au 6 avril, il achève *La Sévillane* qui deviendra *La Femme et le Pantin*. Retour par Naples où il retouche une dernière fois son livre. A Paris, Louÿs s'éloigne de Marie de Régnier qui vient d'avoir une liaison avec Tinan. Aussitôt après sa publication en feuilleton dans *Le Journal* (19 mai-8 juin), *La Femme et le Pantin* paraît au Mercure de France (20 juin) et rencontre un très grand succès. Le 8 septembre, naissance du fils de Marie de Régnier et de Louÿs qui en est le parrain. Les liens se renouent entre eux alors que la sœur de Marie, Louise de Heredia, courtise le jeune écrivain. En décembre, Louÿs, comme Valéry, participe aux « listes Henry », souscription lancée par *La Libre Parole* de Drumont pour venir en aide à la veuve du lieutenant-colonel Henry qui, après avoir commis un faux pour accuser Dreyfus, venait d'avouer et de se suicider.

1899 En février, nouveau voyage d'un mois en Algérie. Publication d'un autre conte, *Une volupté nouvelle*. Le 21 juin, mariage avec Louise de Heredia. Ralentissement de la création littéraire de Louÿs. Pendant l'été, voyage de noces en Italie.

1900 Parution en feuilleton d'un nouveau roman, philosophique et érotique, *Les Aventures du roi Pausole*, qu'il est obligé d'écrire vite pour couvrir ses dettes. En septembre, Herold ayant tiré d'*Aphrodite* une adaptation théâtrale que Louÿs désapprouve et fait interdire, les deux amis se séparent. Voyage à Barcelone où Louise fait une fausse couche. En se refusant aux facilités d'une littérature commerciale, Louÿs s'isole et, s'il tente de faire du journalisme pour couvrir ses dettes, n'écrira plus désormais que pour lui.

1901 L'amitié se resserre avec Gilbert de Voisins. En février, représentation de *Onze chansons de Bilitis*, sur une musique de scène de Debussy. Publication chez Fasquelle des *Aventures du roi Pausole* que Louÿs avait trop rapidement écrit et qu'il a retravaillé. En février-mars, voyage au Caire avec sa femme. Travaille à un conte, *L'Homme de pourpre*, qui sera sa dernière œuvre achevée et dont la publication allégera quelque peu ses dettes. Retour par Naples et Pompéi. Commencement d'une amitié durable avec Natalie Clifford Barney dont il aidera la carrière littéraire. Début de troubles oculaires qui s'aggraveront. Louÿs envisage de chercher une sinécure administrative qui lui apporterait la sécurité financière.

1902 Découragé par les dettes, sans énergie, incapable d'écrire vraiment, Louÿs connaît une longue période de dépression : « Je me sens tout à fait sans désirs, sans plaisir, sans ambition. » Amitié avec le jeune romancier Charles Bargone, qui signera Claude Farrère et entrera à l'Académie française en 1935 : Louÿs le conseille et l'encourage.

1903 A Biarritz où il séjourne en février-mars, il ébauche un roman, *Psyché*, auquel il songe depuis 1895, puis passe une semaine à Séville. Vacances d'été à Tamaris, près de Toulon, puis nouveau séjour à Biarritz. Il consacre de plus en plus de temps à la bibliophilie et à la recherche littéraire qui l'ont toujours requis et portent aussi bien sur des œuvres extravagantes que sur Villon, Ronsard, Chénier, Hugo, Rimbaud... Il collabore aussi, jusqu'en 1911, à l'*Intermédiaire des Chercheurs et des Curieux*, auquel il adresse articles et notes diverses. Marie de Régnier publie *L'Inconstante*, roman à clés qui retrace sa liaison avec Louÿs. Parution chez Fasquelle d'un recueil de contes, *Sanguines*.

1905   Séjour d'été à Tamaris. Aide Farrère à retoucher *Les Civilisés* qui obtient le prix Goncourt, grâce également à son appui. Il commence à songer au théâtre pour gagner l'argent nécessaire au remboursement de ses dettes. Heredia, pour qui son gendre avait une grande affection, meurt au mois de décembre.

1906   Représentation d'*Aphrodite* à l'Opéra-Comique : musique de Camille Erlanger et livret de Louis Grammont. A Biarritz, pendant l'été, reprend *Psyché*, transposition de sa liaison avec Marie de Régnier. Se lie avec un bibliothécaire de l'Arsenal, Louis Loviot. Publication d'un recueil d'articles, *Archipel*.

1907   Rencontre d'un autre bibliographe, Frédéric Lachèvre qui après sa mort publiera des notes inédites de Louÿs. De juin à octobre, nouveau séjour à Tamaris où il poursuit *Psyché* : inachevé, car la fin fut perdue ou ne fut jamais écrite, le livre ne paraîtra qu'après sa mort, en 1927.

1909   Georges Louis est nommé ambassadeur de France à Saint-Pétersbourg.

1910   En vacances à Tamaris depuis le mois de mars, Louÿs reçoit la visite du jeune écrivain Pierre Frondaie, le futur auteur de *L'Homme à l'Hispano*, qui lui propose d'adapter *La Femme et le Pantin* au théâtre. Il accepte et remanie l'adaptation de Frondaie. En décembre, Régina Badet, qui a été la maîtresse de Louÿs, joue le rôle de Concha et Firmin Gémier celui de Mateo. Assez médiocre, la pièce tient cependant l'affiche pendant 160 représentations.

1911   Séjour à Arcachon en août et en septembre. En octobre, le médecin de Louÿs diagnostique un glaucome : presque aveugle, il ne peut ni lire ni écrire sans le secours d'une grosse loupe. Un jeune écrivain, Charles Moulié, qui, sous le nom de Thierry Sandre, obtiendra le prix Goncourt en 1923, devient son secrétaire.

1913   En janvier paraît le premier numéro de la *Revue des livres anciens* créée et dirigée par Louÿs, et dont

Loviot est le rédacteur en chef. La revue, qui « se propose de décrire les livres rares, curieux ou mal connus, et de signaler les manuscrits inédits », n'aura que huit numéros, jusqu'en 1917. En février, Georges Louis, trop pacifiste, est rappelé de Saint-Pétersbourg par le président du Conseil Poincaré. Atteinte de tuberculose, délaissée par son mari dont elle désapprouve le mode de vie et les privations qu'il entraîne aussi bien que le repli croissant sur soi-même, Louise, après un voyage à Arcachon au printemps, décide d'habiter chez une amie, Élisabeth Charpentier, qui est la marraine de Louÿs. Au mois de mai, son mari prend le parti d'une rupture qui était depuis longtemps prévisible. Le divorce est prononcé en juillet.

1914 Désormais seul, Louÿs renoue avec la vie parisienne et la littérature. Il écrit *Quatorze images*, sortes de poèmes en prose, qui paraîtront en 1927. Au mois de mars a lieu la première de l'adaptation théâtrale d'*Aphrodite* due à Pierre Frondaie et Henri Février, qui rencontre un succès honorable. Louÿs se lie avec l'une des actrices, Jane Moriane, et recouvre une énergie qu'il avait largement perdue. Écrit un roman érotique, *Trois filles et leur mère*, qui paraîtra un an après sa mort. En juin, fait la connaissance d'une nouvelle actrice, Claudine Roland (Rosalie Steenackers). Après la mobilisation générale, Louÿs, qui aurait voulu s'engager, part pour Bordeaux où s'est replié le gouvernement.

1915 Regagne Paris en février et retrouve Claudine qui devient sa maîtresse et s'installe chez lui pour un an. Malgré la guerre et les dettes, l'écrivain mène une vie joyeuse et insouciante. Pour apaiser des maux de tête liés à l'état de son œil gauche, il fait pour la première fois l'expérience de la cocaïne. Gilbert de Voisins se marie avec Louise, son ancienne épouse. Pierre de Régnier s'engage à dix-sept ans.

1916 Louÿs renoue avec la poésie : il publie une *Poëtique* dans le *Mercure de France* du mois de juin, fait paraître en juillet les vingt-huit vers d'*Isthi*, puis commence en décembre l'ambitieux *Pervigilium mortis* qui évoque son amour passé pour Marie de Régnier. A partir du mois de juin, la correspondance s'intensifie avec Valéry qui lui adresse régulièrement des vers de la future *Jeune Parque*, commencée en 1912-1913 : Louÿs l'encourage, lui suggère des corrections, et va jusqu'à offrir le titre de *Psyché* à son ami qui de son côté l'exhorte à poursuivre cette « superbe chose » qu'est le *Pervigilium mortis*. Louÿs, qui ne payait plus son loyer, perd son procès avec son propriétaire et vend son argenterie.

1917 Remaniée, la *Poëtique* paraît chez Crès en février. Le 7 avril, décès de Georges Louis, soutien et confident d'une vie entière. Publication de *La Jeune Parque* : quoique blessé que le poème soit dédié à Gide plutôt qu'à lui-même, Louÿs le recommande comme un « chef-d'œuvre » au célèbre critique Paul Souday qui écrira un article décisif pour la carrière de Valéry. Afin d'apaiser ses douleurs, Louÿs renoue avec la cocaïne qu'il ne délaissera plus. A peu près aveugle, il prend un nouveau secrétaire, Robert Cardinne-Petit qui écrira deux livres de souvenirs sur lui.

1918 Afin de régler ses dettes, il vend une partie de sa bibliothèque. Jean Cassou devient son secrétaire.

1919 Dans une étude du mois d'août, Louÿs prétend que Corneille est l'auteur véritable de l'*Amphitryon* de Molière, puis récidive pour répondre aux attaques et consacre plusieurs articles à élargir son argumentation à d'autres pièces du dramaturge. Devant les polémiques, il décide de se taire, mais poursuit néanmoins ses recherches. Aline Steenackers, demi-sœur de Claudine, devient la maîtresse de Louÿs : elle demeurera auprès de lui jusqu'à sa mort.

1920 En janvier, naissance de Gilles-Pierre, fils d'Aline et de Louÿs dont la situation matérielle avoisine la misère. Mort de Claudine dont il avait continué de s'occuper lorsqu'elle était malade. Séjour d'été à Tamaris.

1922 La santé de Louÿs se détériore : nouvelles

crises d'emphysème et défaillances intellectuelles. Il séjourne au sanatorium de la Malmaison. Son propriétaire, qui ne perçoit toujours pas ses loyers, obtient l'expulsion provisoire de son locataire qui s'installe à Neuilly.

1923   En janvier, Aline donne naissance à une fille, Suzanne. Au printemps, séjour de Louÿs à Tamaris. Sa santé mentale se dégrade. Cure de repos à la maison de santé de Saint-Mandé. Séjour à Biarritz en août et septembre. Louÿs épouse Aline en octobre. Victime des intrigues de son entourage, il est de plus en plus seul.

1924   Amélioration de son état mental. Breton, qui connaît Valéry depuis 1914, adresse à Louÿs *Clair de Terre*, revêtu d'une émouvante dédicace. Il écrit ses *Derniers vers* souvent désespérés. Ce sursaut passé, sa santé se dégrade à nouveau. Enceinte une troisième fois, Aline donnera naissance à Claudine l'année suivante, juste après la mort de son père.

1925   Après une chute, Louÿs s'alite à la fin du mois de mars, et s'éteint le 4 juin.

BIBLIOGRAPHIE

1. ŒUVRES DE PIERRE LOUŸS [1]

A. *Œuvres complètes*, Aubier-Montaigne, 1929-1931, 13 vol.
Œuvres complètes, Slatkine, 1973.

B. Œuvres publiées du vivant de Louÿs

Les Chansons de Bilitis suivi de *Pervigilium mortis* (1895), éd. J.-P. Goujon, « Poésie/Gallimard », 1990.
Aphrodite (1896), Albin Michel, 1987.
La Femme et le Pantin (1898), éd. Michel Delon, Gallimard, « Folio », 1990.
L'Homme de pourpre (1901), éd. Emmanuel Dazin, Le Castor Astral, 1994.
La Femme et le Pantin (adaptation théâtrale cosignée avec Pierre Frondaie), Librairie des Annales, 1911.

C. Œuvres posthumes

Manuel de civilité pour les petites filles à l'usage des maisons d'éducation (1926), Allia, 1996.

---

1. Je ne donne ici, pour l'essentiel, que les œuvres encore disponibles.

Trois filles et leur mère (1926), 10/18, 1994.

Psyché (1927), Albin Michel, 1990.

Journal de Meryem, 1894, Limon, 1992.

L'Œuvre érotique, éd. J.-P. Goujon, Sortilèges, 1994.

Mon journal (24 juin 1887-16 mai 1888), Seuil, École des lettres, 1994.

Correspondance particulière : lettres à Curnonsky, Séguier, 1994.

Correspondance Pierre Louÿs-Jean de Tinan, éd. J.-P. Goujon, éd. du Limon, 1995.

Correspondance Gide-Louÿs-Valéry, éd. Pascal Mercier et Peter Fawcett, Gallimard, à paraître.

2. BIOGRAPHIES ET TÉMOIGNAGES

CARDINNE-PETIT Robert : *Pierre Louÿs intime*, Jean-Renard, 1942.

CARDINNE-PETIT Robert : *Pierre Louÿs inconnu*, L'Élan, 1948.

CLIVE H. P. : *Pierre Louÿs, a biography*, Oxford, Clarendon Press, 1978.

FARRÈRE Claude : *Mon ami Pierre Louÿs*, Domat, 1954.

FLEURY Robert : *Pierre Louÿs et Gilbert de Voisins, une curieuse amitié*, préface de Pascal Pia, éd. Tête-de-Feuilles, 1973.

GOUJON Jean-Pierre : *Pierre Louÿs, une vie secrète*, Seghers/Pauvert, 1988.

HIRE Jean DE LA : *Mémoires inédits sur Pierre Louÿs*, Les Amis de Pierre Louÿs, 1979.

LEBEY André : *Disques et pellicules*, Valois, 1929.

MILLAN Gordon Charles : *Pierre Louÿs ou le Culte de l'amitié*, Aix-en-Provence, Pandora, 1979.

MIRANDOLA Giorgio : *Pierre Louÿs*, Milan, Mursia, 1974.

MUSIDORA : *Souvenirs sur Louÿs*, Reims, A l'Écart, 1984.

NIEDERAUER David J. : *Pierre Louÿs : His life and art*, Ottawa, 1981.

3. ÉTUDES PARTIELLEMENT OU ENTIÈREMENT CONSACRÉES À *LA FEMME ET LE PANTIN*

Collectif : *Pierre Louÿs et le cinéma*, Reims, A l'Écart, 1986.

DI MAIO Mariella : *Pierre Louÿs e i miti decadenti*, Roma, Bulzoni, 1979.

GOUJON Jean-Pierre et CAMERO PÉREZ María del Carmen : *Pierre Louÿs y Andalucía*, ed. Alfar, Sevilla, 1984.

GOUJON Jean-Pierre : « La Genèse de *La Femme et le Pantin* de Pierre Louÿs d'après des documents inédits », in *Estudios de lengua y literatura francesas* (Univ. de Cadix), n° 2, 1988.

L'Illustration théâtrale, n° 172, 11 février 1911 (pour la réception de l'adaptation théâtrale).

MONDOR Henri : préface à *La Femme et le Pantin*, André Sauret, 1958.

THOMAS Chantal : « De Giacomo Casanova à Pierre Louÿs : variations sur un épisode douloureux », in *Stanford French Review*, printemps 1987.

Table des illustrations

Table

Composition réalisée par NORD COMPO

Imprimé en France sur Presse Offset par

BRODARD & TAUPIN

GROUPE CPI

La Flèche (Sarthe).
N° d'imprimeur : 5982 – Dépôt légal Édit. 9442-02/2001
LIBRAIRIE GÉNÉRALE FRANÇAISE - 43, quai de Grenelle - 75015 Paris.

ISBN : 2 - 253 - 16070- 9   ✦ 31/6070/2